〖中华诗词存稿·名家专辑〗

中华诗词学会 编

天山东望集

星 汉著

中国书籍出版社
China Book Press

图书在版编目（CIP）数据

天山东望集 / 星汉著 . -- 北京：中国书籍出版社，
2019.12

（中华诗词存稿）

ISBN 978-7-5068-7698-8

Ⅰ . ①天… Ⅱ . ①星… Ⅲ . ①诗词—作品集—中国—
当代 Ⅳ . ① I227

中国版本图书馆 CIP 数据核字 (2020) 第 004642 号

天山东望集

星汉 著

责任编辑	吴化强	
责任印制	孙马飞　马 芝	
封面设计	采薇阁	
出版发行	中国书籍出版社	
地　　址	北京市丰台区三路居路 97 号（邮编：100073）	
电　　话	（010）52257143（总编室）　（010）52257140（发行部）	
电子邮箱	eo@chinabp.com.cn	
经　　销	全国新华书店	
印　　刷	北京虎彩文化传播有限公司	
开　　本	710 毫米 ×1000 毫米 1/16	
字　　数	200 千字	
印　　张	22	
版　　次	2019 年 12 月第 1 版　2019 年 12 月第 1 次印刷	
书　　号	ISBN 978-7-5068-7698-8	
定　　价	298.00 元	

《中华诗词存稿》
编委会名单

作者简介

　　星　汉，姓王，字浩之，1947年5月生，山东省东阿县后王集村人。12岁随父母进新疆谋生。17岁参加铁路工作，为学徒工、信号工，历时13年。后考入新疆师范大学中文系，毕业后留校任教。现为新疆师范大学人文学院教授，硕士研究生导师。系中华诗词学会副会长，新疆诗词学会常务副会长，中国散曲研究会理事，《中华诗词》编委。公开出版有《清代西域诗辑注》《天山韵语》（诗词集）等10余种。

总 序

　　我们这个诗歌大国有一个很好的传统，历来注重"采诗"、搜集整理诗歌材料。作为唯一的全国性诗词组织的中华诗词学会，自 1987 年 5 月成立以来，就十分重视这项工作。学会每年的学术研讨会和历届"华夏诗词奖"，都出版论文集和获奖作品集。纪念学会成立二十年、三十年时，还专门编辑出版了《大事记》《论文选集》《诗词选集》。《中华诗词》创刊以来，每年都制作年度合订本。2007 年 5 月，在北京天识东方文化艺术传播有限公司的资助下，以近代以来诗词创作、诗词理论、诗词运动重要文献汇编，当代名家个人作品专集等为主要内容，出版了《中华诗词文库》。经过十来年的编辑整理，已经出了近百卷。这些诗集、文集的出版，记录了近百年来尤其是改革开放四十多年来，中华诗词从起步、复苏走向复兴的砥砺前行的历程，为近、当代诗歌史的撰写准备了丰富的资料。

　　党的十八大以来，中华民族优秀传统文化重新受到应有的重视。习近平总书记《念奴娇·追思焦裕禄》词和《军民情》七律的相继发表，引领中华大地诗潮滚滚而来。《中共中央关于繁荣发展社会主义文艺的意见》和中办、国办《关于实施中华优秀传统文化传承发展工程的意见》，都明确提出"加强对中华诗词、音乐舞蹈、书法绘画、曲艺杂技和历史文化纪录片、动画片、出版物等的扶持。"国家教育部组织制定由中华诗词学会起草的新中国语言体系中的新韵书《中华通韵》已经通过国家语言文字工作委员会语言文字规范标准审定委员会审定，即将颁布全国试行。这些都使我们真切地感受到，中华诗词的春天真的到来了。诗人们乘着骀荡春风，正以高昂的激情，书写着中华民族伟大复兴的新时代、新史诗，国家富强、民族振兴、人民幸福的中国梦；正以与人民同呼吸、共命运的诗人之心，对人民的欢乐、人民的忧患、人民的情怀给以诗意的表达；正以"美"或"刺"的诗人之笔，对市场经济大潮中人民对幸福生活的期待，对美好未来的希望，对假丑恶的深恶痛绝，或给以方向，或给以赞美，或给以鞭挞。正如习近平总书记所指出的："好的文艺作品就应该像蓝天上的阳光、春季里的清风一样，能够启迪思想、温润心灵、陶冶人生，能够扫除颓废萎靡之风。"

当前，传统诗词创作者和诗词爱好者队伍发展迅速，已超过三百万。每天创作的诗词作品超过唐诗、宋词、元曲的总和。诗词评论研究队伍也成长很快，诗词评论、诗词学、诗词创作理论研究成果丰硕。如何从浩如烟海的诗词作品中"淘"出优秀作品，并使之存下来、传下去，如何使诗词研究理论成果"面世"并发挥应有的指导作用，确实是摆在我们面前的无可回避的一个重要课题。中华诗词学会是一个没有国家编制，没有国家拨款的社会团体，事业的运转主要靠社会赞助和会员费支撑。俊识（北京）文化传媒有限公司总经理吕梁松、北京采薇阁总经理王强，两位一直是对中华传统文化情有独钟的热心人，慷慨解囊，愿意同中华诗词学会一起，搜集整理编辑推出《中华诗词存稿》这套书，共同为中华诗词文化的继承和发展，做成这件十分有意义的事情。

　　《中华诗词存稿》主要搜集整理出版三部分内容的资料：一是当代诗词名家的个人作品集；二是当代诗词评论家、诗词学者的学术著作集；三是当代诗词作品、诗词理论学术成果阶段性、专题性、地域性的集成类作品集。诗词作品强调精品意识，沙里淘金，把"有筋骨、有道德、有温度"的优秀诗词作品搜集起来。诗词评论、研究类资料强调理论性和创新性，应具有鲜明的个性特点，具有创建性的见解。集成类的资料应有一定的史料保存价值。总之，做成一套具有当代价值和历史意义的好书。在此，我们编委会人员，向提供资料、筛选编辑、版面设计、校对勘误，包括所有为这套资料付出辛勤劳动的同志们，表示真诚的谢意！

郑欣淼

二〇一九年七月于北京

自　序

　　我姓王，名星汉，字浩之。名是上小学时老师起的，字是成人后有学问的朋友起的。先父也曾经给我起过大名，但没有用上。先父母都生于光绪三十年，都没有读过书。先母不识字。先父识字，但不会写字。先父除高雅的《红楼梦》外，他老人家能看懂《三国演义》《水浒传》《封神演义》等古代白话小说。我的名字和曹操说的"星汉灿烂"没有任何关系。据母亲讲，我奶奶去听说书，说的是《呼家将》。书里说，呼延庆为躲避奸臣追杀，改了他姥姥家的姓，叫"王三汉"。奶奶回到家，听说生了我，于是赐小名曰"三汉"。我在"星"字辈里起，我们弟兄的名字都和圣人的姓字有关，大圣人的姓字用完了，就用小圣人的。父亲给我起的名字叫"王星颜"或是"王星思"。"颜"是颜回，"思"是子思。"颜曾思孟"嘛！上小学时，老师问我的大名，我说"王星思"和"王星颜"可择其一。老师说不好听。就问："你的小名叫什么？"我如实相告。"那就叫王星汉吧！"现在想起来，大概从诗词的角度讲，"王星思"和"王星颜"都是三平调，读起来不够响亮的缘故吧！

　　我是山东省东阿县后王集村人。民国36年农历3月23日出生，这一天也就是1947年的5月13日。从阶级成分看，我们家不是很穷，下中农，是新中国的"依靠对象"。我从来没有挨过饿，无论是什么时候，无论是什么饭，先父母宁可他们不吃，也总是让我吃个饱。那时候，我们全家春天里往往煮一锅野菜吃，到秋天就煮一锅红薯吃。新麦子下来了，也能吃到大白馒头。如果吃粮食，多数情况下是喝棒子面糊糊和吃棒子面饼子，还时常有咸菜或是葱就着吃。小时候不知炒菜为何物，更甭提烹饪技术。因为从小没有受过这方面的训练，所以到现在我还是不会炒菜做饭。也不想学了。

上大学前，我没有上过高中。17 岁就参加了铁路工作，单位名字叫"第一铁路工程局电务建设维修队"。先当学徒工，三年期满，转成信号工。这是一个流动工程单位，经常搬家。其下属的工班搬家更勤，过个一两个月就搬一次。工班的工友们一年四季住帐篷，睡行军床，偶尔也住过小火车站的候车室什么的，算是一种享受。待过的地方，大都是戈壁、深山、荒村、草原。在铁路上工作的这十几年正好处在"史无前例轰轰烈烈的无产阶级文化大革命"当中。时间上和空间上都不可能找到求教诗词的老师。

我上面说的似乎和诗词不沾边儿的话，是想表示：我写诗词，既无家学可矜，也没有师门可承，完全是野路子出身，亦即明袁宏道在《叙姜陆二公同适稿》中所说的"野路诗"。我的诗词和当今的诗人词家比，就显得不够雅驯，因为我没有雅驯的资本，也没有雅驯的资格。没办法，就这么着吧！出版诗集当然希望得到别人的夸奖，但这又谈何容易。如果能得到师友们和读者的批评，使我有所进步，我是不会用对待做饭的态度来对待作诗的，还想继续学习。

星　汉

二〇〇八年十二月二日于新疆师范大学寓所

目　　录

天山东望集

1968 年

登嘉峪关门楼远眺

雄关西望便凝愁，家住残霞最外头。
北大河声将撼日，祁连山色正横秋。
红彤彤语贴墙壁，黑压压人批帝修。
指点江山也有我，今朝却未感风流。

戊申秋同友人入祁连山夜宿

好友二三皆少年，偷驱脚板向林泉。
青松撑日青天外，野菊摇钱野石前。
木棍八根支斗帐，石头三块冒炊烟。
喧嚣喜得因山断，放胆今宵抱月眠。

戊申秋月夜登嘉峪关门楼

九秋深万里，吊古一凭栏。
大漠浮孤月，长城锁乱山。
烽台吐影瘦，白草带风残。
当日轮蹄处，流星落地寒。

酒泉独坐小饮

夜光杯里满清泉，心入平湖湖映天。

蘸水残阳如醉酒，依依不肯下祁连。

1970 年

扬州慢·武侯墓

东望南阳，千山万水，茅庐何日归耕？拭残碑断碣，见北战南征。想当日汉中上表，沔阳屯垒，斜谷分兵。五丈原，泪涌三军，战马悲鸣。　　已酬三顾，鼎三分霸业初成。废阿斗庸才，诏遵先帝，应是忠贞。荡荡汉江如旧，清波里、流尽群英。叹定军山下，斜阳荒冢青青。

1972 年

西江月·探汉水源入农家

屋挂松林百里，院围藤葛千年。山家长饮汉江源，敬客清泉一碗。　　已见凉风吹影，长谈斜日敲山。听完故事带身边，免得归程困懒。

汉中拜将坛感怀

但凭知己报君王，休去哓哓说热凉。
倘使雄才能一展，藏弓烹狗又何妨！

夜宿褒河

相传萧何追韩信，韩信于此待渡被追及；萧何复荐于汉王刘邦，拜其为大将。

两岸秋风月色多，英雄事业付流波。
汉家四百年天下，一半功劳在此河。

霍去病墓呈祁连山形，以彰其功绩也

剑锋西指鼓鼙喧，百万轮蹄塞月寒。
死去豪情犹未尽，祁连神运近长安。

谒杜甫草堂

浣花溪畔渡浮荫，尚赖多情导路禽。
翠竹千竿写青史，红霞数片拥丹心。
乾坤秀气草堂聚，湖海人生诗卷寻。
已惯粗豪西域客，神凝不觉入云深。

天山蜀道误心期，今日终能叩竹篱。
万里飘蓬君逝早，一心立雪我生迟。
频经乱世崎岖路，方得人间绝妙词。
似觉先生灵气驻，鞠躬未毕已成诗。

薛涛井感怀

笔蘸胭脂抒性灵，当时曾也动公卿。
诗篇细读千秋后，恐是莺声浪得名。

惠 陵

深秋草树夕阳移，谁识当年贩履儿。
豪杰应教入吾彀，风云岂可寄人篱。
隆中三顾眉初展，白帝一言心不欺。
地下疑难如有问，陵东幸立武侯祠。

秦岭农家

竹篱小院隐林间，又歇耕歌背日还。
石上清泉敲绿水，风中红树舞青山。

1973 年

马嵬坡

又值东风绿满坡，明皇不见旧山河。
倘能一语来承罪，未必三军敢倒戈。
栈道梦魂悲路远，墓门杨柳带情多。
当时我是唐天子，定代阿环系素罗。

过华山苍龙岭

雪横日暮绝人踪，两眼苍茫两耳松。
匍匐不羞休弄险，山灵未许我乘龙。

青海草原冬月夜

明灭荒原牧帐灯，远山淡淡朔风轻。
犬声吠破思亲梦，寒月无言万里明。

1974 年

冬日青海湖钓鱼

千里荒原阔，周身披日红。
铺冰拥白雪，凿洞放青瞳。
喜看游鱼乐，长教钓线空。
归来何所有，囊括一湖风。

柴达尔草原书所见

鞭指祁连日影寒，满川劲草抗风顽。
牧歌流韵雪花里，一马蹄痕入乱山。

水龙吟·青海草原上

冰凝河水无声，山吞寒日周天暮。牛羊归去，一川衰草，惹来风怒。低压彤云，剑峰隐锷，雪花狂注。把乡心聒碎，扑窗猛厉，翻如絮，响如鼓。　　且喜翌晨清素，看冷空红霞巧布。河边牧帐，炉烟又起，犬哮胜虎。藏歌漫唱，长风流韵，尽情倾吐。更横枪纵马，蹄痕远在，乱山深处。

鸿门怀古

大剑乌骓一匹夫，至斯哭项尽腐儒。
鸿门已见目光浅，纵过江东也是输。

1975 年

药王山感怀

五台秀色起城东，别样情怀一曲躬。
沿路春塍初布雨，当途石马尚嘶风。
茫茫商海存心黑，沸沸官场说耳聋。
祈得当今医国手，驱除病患济民穷。

诉衷情·兰州登五泉山

黄河东注地天开，浩荡到胸怀。涛声催我长啸，慷慨更生哀。　　看碧草，破尘埃，总难埋。红桃冲萼，嫩柳吐黄，悄说春来。

水调歌头·三登华山

偏爱华山秀，三到碧霄中。天风净扫云海，红日嵌苍穹。远敞中原春色，近送黄河声浪，人在最高峰。笔向秦川抹，太白挂图雄。　　崖黝面，花吐蕊，瀑飘虹。明朝只恐离去，有梦也寻踪。愿借沉香神斧，直欲剖开山腹，山我两相融。再唤陈抟醒，酣弈对青松。

1976 年

西江月·谒稼轩祠

垂柳波心试笔，小荷雨后擎杯。稼轩今日一扬眉，惊起一湖烟水。　　松守祠前雅健，云翔天际严威。肥如花朵瘦如碑，都带英雄气味。

点绛唇·游趵突泉

此地粗豪，洞开如吼喷清水。千秋万岁，不减当时锐。　　我到泉边，早已心神会：休言累，人生何畏，热血长腾沸。

游岱庙书所见

樱花雨后正春时，带笑女郎簪一枝。
疑是元君难寂寞，泰山走下碧霞祠。

泰山入壶天阁

佳境痴迷久，投身碧玉壶。
风来觉山动，松倒赖云扶。
仰目苍天小，回头石路无。
红巾挥舞处，绝顶有人呼。

泰山天街

南天门过达天街，风动衣襟眼界开。
汗洗石梯终有尽，凡夫曾也驾云来。

清平乐·登泰山玉皇顶

昂头天外，放眼无疆界。汉武秦皇空膜拜，
一梦东风烟霭。　　自从开辟鸿蒙，吞云捧日天
东。细看果然似我，腹中丘壑千重。

泰山观日出

良机莫失卧青岩，一任松梢拂月寒。
石窍无鸣晓风静，山形渐露彩云残。
金光揉碎身前撒，红日摩圆掌底拎。
绝顶开襟空四海，仰天洞照一心丹。

宿泰山顶

风启西窗进晓星，布衾古庙感平生。
松涛一夜浑多事，犹作银河鼓浪声。

谒中山陵

深情拜谒寄花篮，正值东风草木酣。
丽日一轮春色裹，碧云十里蒋山担。
征程碑石不胜记，血战松涛犹壮淡。
未见中华归一统，先生日日望天南。

登灵谷塔

登高河汉已闻声，懒看人间懒摘星。
十里青苍随意饮，醉醒不必问山灵。

明孝陵

松声犹作鼓声寒，一世英雄草莽间。
只是春风无束管，钟山绿了绿煤山。

清平乐·游莫愁湖，见有男青年越栏攀莫愁女雕像拍照，戏作

春光犹软，风定柳枝懒。不向洛阳回首远，自照平湖清浅。　　谁来故作风流，攀肩搭背轻浮。嫁此油头粉面，莫愁安得无愁。

胜棋楼

戡定乾坤两丈夫，升平再战莫愁湖。
为教千载传佳话，未着棋枰局已输。

登燕子矶书所见

洪波争去远天蓝，巨舰红旗舞正酣。
燕子轻飞随碧水，遍呼春色满江南。

游沧浪亭，步苏舜钦《沧浪亭》原韵

廊阁绕春山，沧浪十亩间。
柳垂探碧水，花放妒红颜。
已惯荒原阔，终嫌小院闲。
子美思高爽，随我出阳关。

谒岳鄂王墓

碑断坟残野草侵，湖波轻荡意沉沉。
忽听铁马云中响，十万旌旗遮地阴。

游星湖

人世何年横斗杓，多情开雾隔江招。
敞怀幽洞收红雨，昂首孤峰恋碧霄。
水面流来荷笠影，鹅群唱过夕阳桥。
风光如画回眸望，都在芭蕉叶上摇。

越秀公园见五羊石像

五羊高竖只谈空，谁见神仙济世穷。
眼下长愁谷穗少，山巅惆怅问天公。

谒三元里抗英烈士纪念碑

当年血战地天昏，旗展神州民族魂。
说与英灵可无憾，一碑正气付儿孙。

谒黄花岗七十二烈士墓遇雨

洒泪黄花正满枝，英魂云影两依稀。
我来犹带潇潇雨，再为英雄洗血衣。

点绛唇·登桂林普陀山，戏作

借问苍天：何年育此娇羞态？云飞粉黛，碧
水开青睐。　　霞泛香腮，逗惹人心爱。诗囊解，
尽倾词彩，莫欠相思债。

西江月·象鼻山

此处漓江清湛，山前少女渡船。水中笑影伴
云天，都被一篙点乱。　　定是象来饮水，贪甜
化作青山。身边鸟去又飞还，难舍风光一片。

雨中饮伏波山还珠洞

迷濛天外半模糊，雨落漓江万颗珠。
我遣诗情巡水面，收来洞内入冰壶。

芦笛岩

石路雨过花作泥，光明山腹景观齐。
神移仙阙眼亲见，人坐蜃楼魂半迷。
入洞犹披两肩绿，出门已换一身霓。
清风正欲送游客，芦笛声声起竹溪。

西江月·漓江泛舟赠同船写生姑娘

渔网甩开晨雾，长竿钓起红霞。竹林渡口语咿呀，都上写生图画。　　神会青山俊秀，难描绿水清嘉。羡君自是女儿家，但爱漓江便嫁。

夜泊倒水

流辉淡月悄江声，柔语轻传到客舲。
山色迷濛竹影静，两三灯火耀渔汀。

初夏重到青海湖

摇尾旧黄犬，迎人新换毛。
雁扇荒野绿，马啸雪山高。
短笛吹湖浪，情歌绕藏袍。
牛羊归去路，毡帐裹云涛。

水调歌头·游天池

人说天池好，景物这边奇。半空千顷清水，展望即痴迷。一道松间泻瀑，十里晴雷震耳，喷雾化虹霓。湖面丹青里，山与碧云齐。　　松涛起，芳草动，牧人驰。风光都聚鞭首，斜日散轻蹄。我把湖光姿色，编作花环顶戴，且看满头诗。豪兴终无尽，再待隔年期。

1977 年

八声甘州·三十岁生日作

　　又东风吹绿遍天涯，杨柳漫婆娑。念儿时看惯，一塘芦荻，半壁青荷。汗尽关山流水，风雨染襟多。雷电弥天涌，意气难磨。　　万里江湖览胜，见虚心竹翠，劲挺松柯。问浮萍红叶，今日竟如何？事无成、无须悲慨，但人生不死莫蹉跎。依然是，闻鸡起舞，拔剑狂歌。

丝绸古道偶成

　　天地无声大漠空，丝绸古道热风中。
　　苍鹰惊去疾如箭，射落残阳一捧红。

1978 年

赛里木湖书所见

近水遥山一色奇，牧歌起处骏蹄驰。
白云片片湖中影，疑是羊群草上移。

点绛唇·咏红柳

大漠无涯，热风强挟沙丘走。地号天吼，畏
惧何曾有！　　饱看沧桑，神貌还依旧。牵衣袖，
教人回首，更见娟娟秀。

伊犁农家

葡萄架下煮砖茶，写字巴郎带看瓜。
白日当空幽院静，抹金萱草正开花。

巴札逢哈萨克牧人

新货囊装握牧鞭，马缰轻勒跨归鞍。
重逢我问新居地，笑指松青云起山。

清平乐·新源傍晚暴风雨

摇山动地，风吼驰千里。谁把银河捅破底，
如发群峰一洗。　　夜骑天马登程，梦中踏尽繁
星。原是嫦娥寂寞，伤心大放悲声。

奎屯路上

白杨乱语彩云埋，路划荒原一眼开。
残日山边尘起处，马嘶初歇牧群来。

咏沙枣花

迎风枝上小心开，自愧身无廊庙材。
却见情人多折我，幽期月下送香来。
不羡春风桃李枝，摇香莫道此时迟。
离人赠别何须柳，沙枣攀来慰远思。

1979 年

故人至

门外遥闻绰号呼，进门轻掌拍头颅。
奇谈不晓书生苦，又误书生百页书。

星期日

案前日月怕相加，走笔寒窗透晚霞。
学译英文见饿字，始闻饭味出邻家。

谒乌鲁木齐烈士陵园

铁躯一自入荒沙，来解倒悬千万家。
却见当年先烈血，至今日日染丹霞。

人杰鬼雄肝胆豪，此生为我把头抛。
萧萧十里风吹树，疑是英灵下碧霄。

天山白杨沟观瀑

碧空飞落万山惊，天马松涛助壮声。
我出穹庐抬醉眼，狂流似向酒杯倾。

1980 年

天山松下偶眠

贪看花楸红胜染，抛书枕石却成眠。
惊人何处泼天雨，原是松涛笑欲癫。

江城子·采雪莲

洁身默默远红尘。倚嶙峋，驾青云。白玉宫
前，无语送朝昏。独立高寒开望眼，空宇宙，小
乾坤。　　雪山静守不争春。绿衣裙，雪腮匀。
雨爱风求，嫩蕾总含颦。为报痴情辛苦到，身委与，
有情人。

南山遇哈萨克老牧人闲话

终岁深山里，颜如染赤霞。
马嘶知牧近，树舞觉崖斜。
云重羊无迹，雨轻山戴纱。
晴烟遥指处，毡帐又新家。

天山深处见采药人

头顶晴阳脚踏云，千岩万壑酿清芬。
风光关锁谁曾见，四顾苍凉我与君。

山中雨后

浴后青山各竞高，雨珠不肯下林梢。
掀帘少妇抬头处，景色都收蒙古包。

清平乐·同哈萨克牧人高山驰马

狂呼心奋，胯下群峰震。休道人粗巴掌笨，
欲把斜阳拉近。　　健蹄乱石轻弹，诗情飞上吟
鞭。立马迷濛天外，饱看千叠云山。

题友人折扇

骄阳长驻正炎天，我捧清风送眼前。
秋至终无婕妤怨，收心整骨待来年。

1983 年

小女入学四题

衣服新新眉眼舒，一支小辫向天梳。
斜挎书包偎母去，归告明朝可读书。

红衣小女六龄孩，丝环钥匙颈中来。
自傲掌权今日始，房门偷闭又重开。

未上楼梯声早闻，敲门却是假斯文。
书包屡启终难耐，出示啊喔一百分。

小心翼翼上楼轻，偷放书包笑脸迎。
成绩今天九十九，惹来母训似狮声。

买书后作

不沾烟酒只因贫，说与他人未信真。
月月薄薪书店了，索钱每每惹夫人。

1984 年

谒白居易墓

凉风远去草离离，塞外人来奉酒卮。
墓土千秋埋忠谏，伊河一道走清诗。
苏杭佳景虽能忆，官吏良心不可期。
为问如君今有几，寂寥天地雨潇潇！

吊关林

大江两岸奋孤军，盖世功名剩一坟。
静滴泪泉千树雨，漫飞缟素半天云。
荆州辽旷纵无失，阿斗昏庸岂不闻！
雄魄应知遗恨事，降幡影里送三分。

水调歌头·游龙门石窟

一道伊河水，激浪触山开。清流松柏无尽，远向碧空排。拂背柳枝新绿，照颊红桃正吐，春气荡胸怀。佛子同含笑，指向洞中来。　　踏云梯，识云路，步云阶。细看横轴图画，连幅挂天街。更数深宫秀女，来此僧衣新着，温雅化崖胎。红日偷沉久，回首再徘徊。

游嵩山望万岁峰有感

冷峻山峰依旧青，汉皇去后几人登。
当年万岁犹萦耳，可有嵩呼到茂陵？

出少林寺

千千心绪一时倾，我带残阳出祖庭。
敲磬老僧初歇指，山门南望万峰青。

洛阳看牡丹

天公不惜一春忙，独许牡丹开洛阳。
户户家家栽富贵，时时处处出芬芳。
羞攀美女千金价，懒借骚人半点光。
我来移向天山种，万里山河共此香。

白马寺玉兰花

婷婷一树玉兰花，倚向东风照晚霞。
频惹小僧情不耐，抛经偷把眼儿斜。

西江月·狄仁杰墓

道侧数株枯树，田间一座荒坟。我来披草认碑文，知是大唐英俊。　　古寺几声清磬，半空敲破黄昏。则天帝业与名臣，都向九泉难问。

登大雁塔

东风春色里，送我到苍穹。

眼底长安绿，掌中残日红。

石碑成旧墨，秦汉付征鸿。

拔树蘸渭水，驰心书碧空。

水龙吟·参观秦俑馆，拟秦俑言

曾经火炼刀加，骊山我在秦皇朽。地中难耐，常于月夜，马嘶人吼。隐迹千年，今逢盛世，显形露首。望秦川千里，东风得意，接天锦，神难绣。　　幸与乾坤同寿，赖当时、人民巧手。军容威壮，长戈犹记，血凝山岫。如此江山，重生毅魄，金瓯固守。有吾侪在此，驾车横剑，看谁来寇！

灞桥柳

灞水新桥烟柳齐，柔条荡荡拂长堤。

今人西去无离恨，留与黄鹂枝上啼。

骊山烽火台与刘理存道士闲话

酒壶竹杖遍山游，自道归时月满头。
烽火古台闲话罢，白云一片自悠悠。

雨中游华清池

柳去花来暗复明，幽思更比白云生。
悠悠千古多少事，都作打荷疏雨声。

秦始皇陵雨中石榴花

刑徒昔日野魂寒，化作榴花万点丹。
纵是无情泼天雨，难冲血色满骊山。

暑日将小女剑歌坐兴庆公园南薰阁

身披花影乱纷纷，起拂依然剩几分。
小女痴憨难坐久，湖光捉了捕烟云。

登山海关门楼

秋色苍茫里，长城指顾间。
牵山来爽气，入海锁狂澜。
碧落纳千树，残阳剩一竿。
烽台西望尽，犹未到乡关。

秦皇入海处感怀

海天一色起苍烟，东去寻仙何日还？
为报秦皇翘企望，怒涛余响到骊山。

燕山放蜂人

蜂闹花间犬系槐，朝阳初露野云开。
清风轻揭帘儿起，山色泉声入帐来。

老龙头

海中有花岗岩石条数百堆积，乃入海长城遗址，万里长城之最东起点也。

此是长城首，千秋记险艰。
探头吸渤海，甩尾绿燕山。
血战遗涛怒，英灵抱石顽。
前朝多少事，都付白鸥闲。

吊崇祯槐

经古依然岁岁春，故宫长望记烟尘。
崇祯尚有君王勇，不作南唐受辱人。

吊珍妃井

拼却青春试一争，君王为重自身轻。
芳魂似化井边竹，犹向游人说不平。

清平乐·将小女剑歌游颐和园

风催日远，始觉游身懒。多少风光难计算，知把相机填满。　剑歌不改痴呆，湖边脸贴莲腮。两下私声相约：明年今日还来。

十三陵远望

皇家陵寝地，斜日看沧桑。
白壁耀村落，青纱起稻粱。
红来苹果树，碧入芰荷塘。
想得农家院，槲阴杯酒香。

游樱桃沟

信步向何处？幽情小路牵。
林荫竹争日，山破石亲泉。
草色迷云洞，人声隔野烟。
寻诗终不见，愁倚古松前。

游碧云寺

值此炎炎夏，来寻萧寺幽。
铃风敲绿竹，塔影镇清流。
乡梦白云载，诗情远路勾。
登高送残日，不负碧山留。

离亭燕·云岗石窟问佛

此地苍崖绿树，真佛东来歇步。阅尽沧桑千古事，都付晨钟暮鼓。倘若泄天机，一拜但求开悟。　　寒夜十年辛苦，谁解文章难煮？纵有倾心人已杳，为问前缘何处？海上尽仙山，如我慈航可渡？

行香子·登悬空寺

云至飘飘，风至萧萧。贴丹崖、寺挂岩峣。斜登栈道，直上青霄。笑心儿提，胆儿吊，腿儿摇。　　浑河荡荡，恒岳高高。久凭栏、天地幽寥。酣歌还啸，自觉形销。有泉声脆，松声乱，磬声遥。

独游恒山

四望无游客，空山只鸟窥。
风梳林不乱，山托日无垂。
云写蓝天纸，泉流青石帷。
长歌与孤影，身后镇相随。

下恒山遇雨

谁偷晴日去，蓦送黑云堆。
风击神香灭，浪奔枯树摧。
肩披千道电，腿绕万声雷。
道士不识我，疑从天上回。

登应县木塔

擎天立古今，放眼上千寻。
滚滚桑乾远，苍苍恒岳深。
无斜赖身正，高耸靠虚心。
捧日近星汉，东风笑助吟。

西江月·由砂河进五台山

脚底往还山水，身边舒卷烟霞。驾云何怕路途斜，看我从天而下。　青嶂腰悬古寺，碧溪环系袈裟。钟声飘入野人家，又上半空凝挂。

五台山龙泉寺泉水，清冽甘美，人言饮此便可成仙

松荫石泻洗心泉，巧聚风光古寺边。
游女何须争一饮，此时已是画中仙。

夜宿孙翁家

闻说新疆客，柴门特地开。
一杯花影碎，两袖白云堆。
石路排山去，溪声入屋来。
忽听乌鹊起，明月满山隈。

游五台山自嘲

好游未必好神仙，脚恋山川总有缘。
懒看俏哥长发醉，无心妖姐墨睛悬。
野泉消渴青山外，石板入眠红日边。
卖棒冰人莫呼我，粗餐之后再无钱。

游五台山佛光寺归途口占寄内

草间小径更无人，翘首苍山起白云。
欲说途中此时景，伤神烟雨乱纷纷。

吊元好问墓

农夫指路出南郊，早有参天古树招。
一副遗容见清肃，数通碑石说孤高。
吟身风雨诗千首，故国山川泪万条。
牧马河中东逝水，曾流海砚续离骚。

游晋祠

路远无迷赖柳行，琼楼玉宇密林藏。
唐碑压地收雄健，周柏冲天放老苍。
荷掌千张擎露润，泉心万斛鼓波忙。
登山不必空环顾，三晋风光已满囊。

豫让桥

当谏侵人未发时，漆身吞炭已为迟。
恩仇死报俱私念，剑击锦衣聊自欺。

谒续范亭墓

剖出丹心照日时，马前长挂世人知。
君诗三昧我能解，但为苍生不为私。

水调歌头·游避暑山庄

一入山庄里，教我目驰狂。风光也似天马，塞上脱丝缰。浩浩崇山峻岭，荡荡湖光云影，收取腹中藏。归去山河梦，来驻水云乡。　青嶂乱，梅鹿静，晚风忙。登高时有烟雨，雨过洒斜阳。满岸香蒲幽暗，十里荷花冷艳，相对说沧桑。当日帝王路，我也漫徜徉。

磬锤峰

嫦娥月月展新眉，山吐流泉涎水垂。
一夜春风引逗后，破云挺项向天窥。

丰润晤铁一局诸工友

又与良朋较酒豪，深情之外我何操？
风光万里留脚板，浩劫十年看鬖毛。
跰手曾当开路铲，汗流都作撼山涛。
视颜尚喜人未老，再借东风撑一篙。

独游清东陵途中口占

烈日槐荫憩嫂姑，青纱帐远路模糊。
我来求喝壶中水，也入燕山民乐图。

咸丰定陵观后作

山庄笔下割封疆，陵寝而今自失光。
翠柏无言藏愤慨，石狮羞立泣斜阳。
残垣犹见金瓯破，野草恰如朝政荒。
鸟雀似知当日事，啾啾利口闹高粱。

宿定东陵原茶膳房

流萤明灭上阶庭，独坐残灯四壁青。
窗外忽听鱼鼓浪，知它搅碎一池星。

谒康熙景陵

楼台隐约有无中，碧壑苍岩带雨浓。
诗画平铺桥下水，铁军肃立路边松。
八方异曲歌千首，四海金瓯酒一钟。
读罢高碑情不尽，抬头陵外看云峰。

满江红·卢沟桥吊七七事变烈士，步岳飞韵

西域吾来，捧热泪、激情难歇。弹洞处，诗碑犹壮，石狮犹烈。刀影映寒三伏日，枪声惊落千山月。听征鸿、嘹唳诉当年，声声切。　　红旗卷，仇恨雪；镰斧举，强梁灭。赖八年抗战，金瓯无缺。星斗高悬先烈胆，桑乾长淌英雄血。众忠魂、依旧绕燕山，护京阙。

重九日游西山八大处

野菊风中拂袖频，心随一雁入云津。
满山秋色浓如酒，幸有古松扶醉人。

同高仰贤君秋游香山

举足凉风道，方知酒力威。
高谈收远路，长啸落残辉。
叶赤天增碧，林疏石现肥。
襟前野菊满，乘兴带秋归。

季镇淮先生书寄《七十移居朗润园述怀》一律，恭步原韵奉和

想见月高星斗稀，青灯笔影吐清奇。
千篇锦字千锤劲，百卷新书百世宜。
前辈已将苍宇换，后生岂负赤旗期。
遐思不尽开窗望，河汉流波欲拍堤。

登八达岭长城

如火烧山红叶稠，诗情直上白云头。
女墙伸展蓝天外，一步高城一步秋。

点绛唇·看电影《高山下的花环》

身蔽山河，裹尸马革男儿烈。沂蒙山咽，岁岁看圆月。　　忠愤一腔，坟压终难泄。长安阔，红裙风掣，上有大兵血。

文丞相祠枣树

文丞相祠，原址乃囚文天祥土牢。院中有枣树一株，既老且壮，树干南倾，传为文天祥手植。

帝昺崖山跳海时，遥牵燕北向南枝。
年年结枣红如血，便是丹心吐愤辞。

1985 年

辞家返京

妻儿送我处，几棵衔冬树。
风雪也留人，遥封远方路。

乙丑元宵夜车中作

一别边城山水长，情思雪野两茫茫。
遥闻儿唤难成梦，闲看车轮碾月光。

启功先生为余书条幅三，其用笔价值人民币七分，感赋

名士风标天下闻，今朝亲见运神斤。
千金一字人人晓，谁识羊毫价七分。

小女剑歌八周岁生日，在京作

边城春色接京师，此日情怀我自知。
放学谁家欢跳女，教人无语看多时。

过八里桥

第二次鸦片战争最后一战于此，清军伤亡惨重，继而北京失陷。

残阳如血恨难消，独立桥头一望遥。
为显当年死战地，东风不肯绿春苗。

下上方山

踏石音遥身后闻，出山回望梦痕纷。
一分花树二分水，剩有三分抹白云。

念奴娇·周口店猿人洞

吾侪先祖，想当时、曾也茹毛饮血。靡室靡家初直立，来住高山深穴。脚荡山川，肩披寒暑，眼数星和月。千秋万代，个中多少英杰！　堪笑彩帜虚张，嘶声杀伐，只是匆匆客。唯整乾坤劳动手，画出遗踪难灭。征途无尽，来人待我，日日须新辙。山巅俯首，正翻麦浪千叠！

天津水上公园

南风吹雨去，人步绿杨桥。
啼鸟长藤曳，荷塘小径挑。
云飞浮碧水，楫荡破青霄。
所向安由己，花香牵鼻招。

海河即事

夕阳西下水流红，杨柳频吹两岸风。
淡淡录音机里曲，也随渔网入河中。

旅居天津想小女剑歌

窗外月光满，波翻九曲肠。
单裙应显短，小辫定增长。
利口话千句，歪头字数行。
遥知阿母厉，相逼诵书忙。

新疆铁陨石

近日高天是故乡，遨游银汉体生光。
自从失足人间落，却使凡夫论短长。

自京归后次日登红山

为证红山入梦长，云阶隔跨步如狂。
手扶古塔夕阳满，背倚天山夏雪凉。
水去游人流影俏，风来烤肉带歌香。
他年再别边城去，摄影不辞收百张。

西江月·边疆雪

卷地寒风去后，搅天瑞雪纷飞。晴阳初照万
枝肥，差煞梨花娇蕊。　　戈壁浓施脂粉，天山
威戴银盔。漫铺一纸遍西陲，只待春锄来绘。

塞外白杨

风霜久历望青云，古道遥排过玉门。
心欲参天天不到，身躯长挺志长存。

桃杏盛开后飞大雪

装点天山春色开，天心良苦莫疑猜。
怕涂桃杏胭脂过，又遣青娥送粉来。

1986 年

乌拉泊草地春眠

地似蓝天花似星，柳林拂水水泠泠。
东风细语回清梦，闲看天山万里青。

戈壁即事

渠横大漠向天南，千载老榆排二三。
避日行人来饮马，长天风过笑声憨。

足　球

终生受气气填胸，踢去踢来无定踪。
已是双方脚下物，却教何去又何从？

牵牛花

朝开暮合淡无华，总与农夫是一家。
为护群芳甘自若，折腰日夜织篱笆。

谒鲁迅先生墓

毕竟先生见识高，墓门早闭早停毫。
贪寿若逢"文革"起，黑牌已挂黑帮袍。

登北高峰

登高步步日为邻，天上人间此际分。
料定西湖息炎热，峰头有我下排云。

孤山怀林和靖

莲唱轻盈渔唱幽，碧波远接碧云头。
先生诗句何须作，只在西湖水上收。

谒张苍水墓

剩水残山赖护持，大明再见已难期。
西湖波借舟山浪，月夜犹能起水师。

过净慈寺

记得诚斋六月诗，晚风独步更相宜。
荷花消尽钟声韵，人影初长过寺时。

登玉皇山

玉皇山眺古名邦，四幅丹青四面窗。
我欲挥毫摹此景，墨流砚底是钱江。

独行龙井路上

小路羊肠脚下萦，浓荫十里两肩擎。
暮蝉不使山林静，伴我长吟奏和声。

黄龙洞听乐

仙乐如丝石路寻，山花守洞洞幽深。
云停泉歇曲方了，风续清音起竹林。

吊牛皋墓

湖山难葬战场魂，壮志时生向北云。
日暮风来修竹动，直心劲节伴将军。

夜步苏堤话古

长堤柳浪拂肩行，自问此生能几经？
话到古今无话处，风吹湖水水流星。

访兰亭

杨柳兰亭路，薰风带晓侵。
远岑横一画，近水鼓千琴。
农户肥鹅舞，山家修竹吟。
欲探书圣迹，举首乱云深。

减字木兰花·望海亭望鉴湖

一帆归渡，湖水云天消尽处。十里荷花，越
女撑船红到家。　　千山竞秀，远送清风吹满袖。
万顷波光，隐隐渔歌唱夕阳。

吊文种墓

丹心长在骨长埋，名伴青山万木栽。
复国越王能用尔，功成饮剑又何哀！

咏青藤书屋青藤

笔墨情怀寄此藤，长留绿意满空庭。
文人身世君休问，枝叶萧萧不忍听。

沈　园

燕语呢喃柳带长，沈园依旧满春光。
游人慎唱钗头凤，莫使芳魂再断肠。

谒禹陵

参天古柏正朝阳，拜谒不因曾帝王。
地载陵高雄魄远，海连山碧野风长。
胼胝手足称公仆，功德江河布国疆。
身后余财唯一石，留于人世对苍苍。

雨中东湖

细雨轻来落未休，漫敲湖面小钱留。
青山不是恋财者，犹破云衣天外游。

普陀山望海

极目白云外，豪情万里征。
乾坤融笑语，樯橹送歌声。
日落霞轻抹，风来浪互争。
波光托千岛，看我摆棋枰。

普陀山百步沙

远望金光满海隈，天连白浪送银回。
龙王不许游人取，威吓涛声响似雷。

佛顶山与云游和尚中然闲话后作

破扇芒鞋秋复春，懒看香烛乱纷纷。
但留松下袈裟影，笑指深山又入云。

普陀山游普济寺

本无参佛意，禅心到此开。
经音繁草木，殿宇绝尘埃。
法烛随风旺，钟声逐浪来。
慈航不须渡，我已在蓬莱。

由上海之苏州路上

村村罩轻雾，吴语半空悬。
碧稻浮红日，青篱隔白莲。
无山可遮眼，有水即行船。
西域三生梦，江南六月天。

登鹿顶山舒天阁

四望青岑画黛长，鱼塘如鉴返晴光。
唯有三山羞摄影，故教湖水吐苍茫。

寒山寺留影

钟声长荡磬声间，万里悠悠度玉关。
惊起悲歌西域客，也将身影付寒山。

游虎丘

称霸吴王何处求，我来一眼历千秋。
竹鸣犹带莫邪韵，花舞尚存西子羞。
旭日先教古塔醉，风光都被剑池留。
妙声游女感顽石，不遇生公也点头。

清平乐·旅居上海闻小女剑歌高烧住院，后愈

一封家信，直使心弦震。猜尔街头违母训，
偷吃小摊凉粉。　　高烧烧去痴癫，炼来铁额铜
肩。愿我王家丑女，无灾无难神仙。

黄山夜登

人行我也起随行，但觉凉风四壁青。
路走笑声人不见，竹筇敲落满天星。

晨入黄山

五岳风光我熟途，黄山一入竟狂呼。
天梯怯客遭魔幻，山色迷人对丽姝。
寒瀑长教星汉挂，瘦峰多要碧云扶。
万千青石直如笋，似向游人供早厨。

黄山天都峰上作

私囊已饱尽云烟，只用豪情不用权。
四顾无人高过我，一声长啸胆包天。

夜宿黄山北海

眼随移月待清晨，峰石频来送影真。
原本恋山无睡意，松涛一夜唤行人。

平望路上

陌阡如网罩农田，稻鼓青波碧到天。
开镜平湖初歇雨，柳荫撑出放鹅船。

桂枝香·重九日登妖魔山，步潘天青先生韵

金风洗目，看万里江山，繁盛如菊。更喜丝绸古道，蹄翻轮逐。此生魂系天山外，但光阴回头何促？多年彩笔，长描西域，腕中圆熟。　　为边疆同心忙碌，似江河远泻，波奔浪续。直使黄沙转碧，雄心方足。登高双袖清风满，赖乾坤高下皆肃。白云飞过，蓝天巧写，远征新曲。

十二月十一日夜业余大学授课归舍

脚下高低似酒威，扑身片片雪花肥。
高楼灯黑一窗亮，知是妻儿待我归。

贺昆仑诗社成立，恭步刘萧无先生原韵

多年饥渴喜今消，自是清流鼓浪高。
白雪纸平诗笔劲，玉关路坦马蹄骄。
吟来大漠变绿野，歌上昆仑凝碧霄。
为胜邻芳千万顷，边城抱瓮不辞劳。

1987 年

贺中华诗词学会成立

歌倚东风放胆舒，骚坛聚首展新图。
砚深却觉瑶池浅，笔重更怜湘竹粗。
赤子有情连亚美，苍穹洒韵满江湖。
壮怀欲诉言难尽，手托天山进大都。

将赴京参加中华诗词学会成立大会

多谢东风日夜忙，又添花圃一枝芳。
雪莲润借芭蕉雨，南海风驱大漠霜。
曾与岑参赏梨蕊，再同屈子赋端阳。
前程万里京师路，争及今朝诗韵长。

清平乐·春日将小女剑歌登妖魔山

家居塞外，自有豪雄态。绿染天涯新一派，
混了玉门关界。　　山如小女痴顽，丹黄乱点容
颜。也欲迎风送韵，直教浸透苍天。

赴京途中作

轮台唐韵壮，送我玉关东。
铁路车来啸，碧天鹰去空。
群山抹残日，大漠鼓长风。
收拾三千里，相携进故宫。

乌鲁木齐老满城内遍栽苹果树，花开时赋

让他飞雪一时狂，春尽方闻满树香。
结果清秋倘回味，百花几个敢张扬！

六月十五日夜见流星，余儿时呼为贼星者也

身亡换得瞬间明，尘世无端惹贼名。
费尽天心人不解，云中空发断肠声。

游莫高窟

回首人间汉与唐，来从壁画认沧桑。
已听菩萨笙簧久，再握飞天裙带长。
敢向神前说坦荡，莫教窟外感炎凉。
此心已是空空在，不必重来礼佛王。

敦煌鸣沙山

大漠经行惯，热风何惧侵。
白云垂地少，黄岭接天深。
脚下沙声歇，身边日影沉。
山巅空四顾，僧磬出禅林。

月牙泉

千秋一水伴阳关，四顾黄沙百感牵。
征客当年西去后，故乡从此月难圆。

吊阳关故址

久居西域地，东望叩阳关。
青石擎残垒，黄沙拱雪山。
目驰疏勒外，神荡渭城间。
再握故人手，驱车谈笑还。

吐鲁番过火焰山作

妖猴借扇枉相传，未必死灰无复燃。
因在人间最低处，便将窝火怒冲天。

登额敏塔

彩云翻似向东旗，大漠金戈写史诗。
登塔我来凝望久，蓝天尽处是京师。

交河故城

残墙隐血土犹腥，鞍马王朝几世经？
唯有交河当日水，远流无语洗天青。

葡萄沟食葡萄

周身染绿入冰壶，一饱已贪无再图。
万贯贾儿休傲我，而今满腹是珍珠。

吐鲁番夜归

驱车赶夜夜深埋，天上人间只费猜。
恍惚腾身银汉里，满天星斗入怀来。

九月十三日晨日环食有感

自问何时曾恋床，诗书不使梦魂香。
嫦娥怜我夜眠少，广袖轻舒遮日光。

满庭芳·酒席间代人赋

初注明眸，一言未了，别离总属仓皇。心旌飘展，从此卷凄凉。切莫此时挥手，轻风外、怕起余芳。频回首，华灯数盏，相对说寒光。　　茫茫，休道远，天涯咫尺，只隔高墙。问何事秋声，夜夜敲窗。梦里分明相见，无言处、清泪千行。披衣起，阳台四顾，一片月如霜。

五家渠路上

凉风过后落青云，路尽天边挂夕曛。
饱饮秋光红叶醉，长随车后乱纷纷。

仲秋后连日浓阴作

吞吐云霞性已常，天低压我口难张。
山巅直欲抽长剑，划破阴霾问玉皇。

1988 年

奎屯道中

四顾唯余我，荒原破雪行。
云高翻鬼脸，风冷带雷声。
沿路树皆瘦，驱车日欲倾。
茫茫天地外，何必问前程。

过托里老风口

向晚塔城道，孤车落日旁。
摇空寒树累，贴地朔风忙。
回雪卷前路，群山裹大荒。
心随芨芨草，惨淡舞苍茫。

额敏路上口占

残阳去后剩苍茫，车向天涯路正长。
风啸寒林惊宿鸟，一灯亮处似村庄。

荒村夜宿，晨起口占

昨夜窗前春雪飞，清愁付与酒三杯。
天涯寂寂无人到，一片鸦声唤梦回。

化雪见冰凌

也曾粉面久飘然，每借阴风舞欲癫。
毕竟人间晴日在，春来凝泪画檐悬。

边塞清明

雪山愁绪两悠悠，行遍天涯无尽头。
却恨春来晴日照，只消山雪不消愁。

塔城接小女剑歌信

狂啸兴风后，於菟不食儿。
梦萦长似病，信到却如痴。
告诉身体胖，叮咛生日期。
歪斜数行字，久读日光移。

毛泽东岭 并序

塔尔巴哈台城西四十里，有山曰巴克图，其势颇似毛泽东逝世后安卧状，当地人咸以"毛泽东岭"呼之。以示怀念也。

乾坤难葬不须坟，气化天涯岭一尊。
星斗织空垂大漠，云霞覆体接昆仑。
目迎红日九州晓，手撒青山万马奔。
莽荡山风解人意，遍吹芳草唤英魂。

醉花阴·风筝

本自骨轻身架瘦，打扮遮奇丑。倘可一招摇，不惜浆污，却喜糊皮厚。　　东风相送青云后，逗惹人抬首。升降总难知，缘有长绳，牵在他人手。

巴克图路上

难耐桃枝出短墙，欲拦行客说春光。
平畴一望三千里，自有高天雁翅量。

临江仙·登巴克图瞭望塔望域外

雪岭霞消碧落，春原草吐青波。牛羊背上夕阳多。炊烟缭绕处，是我旧山河。　　一段人间老话，百年总驻心窝。南来征雁半空磨。随风犹北去，不去又如何。

巴克图国门

狗吠鸡鸣两国闻，炊烟相接隔溪村。
红霞浓染红旗暖，碧草遥连碧落温。
千古荒原同日月，一条春水锁乾坤。
东风不管人间事，岁岁如期过此门。

裕民路上

雪下远山春水长，高天平野两苍苍。
马蹄过后留新绿，几点穹庐浴夕阳。

草原见蒲公英

金黄点点缀春原，远接流银雪海边。
满目金银都属我，天公也送买诗钱。

塔城快活林

胜境边庭上，渔郎尚未知。
鸟声方入画，泉眼正喷诗。
碧草试风力，清波漱柳枝。
相逢哈萨克，闲话夕阳迟。

辞塔城道中遇雨雾

缥缈真如梦，何须依古槐。
风斜石窍啸，雨冷野花开。
草长路待辨，云遮山费猜。
前程都是雾，况自雾中来。

芦草沟道中

流水秋风落叶匀，一条碧练正飘金。
浮财非我贪心物，任绕疏林入远岑。

剑歌被选为少先队中队长

大红等号臂间悬，近日双眸斜左边。
只怕针穿额头破，白牌才未挂眉前。

吊梁漱溟先生 并序

一九八五年四月二十六日，先生书诸葛武侯语"静以修身，俭以养德"八字赠余。别来三载，不意先生于端阳后五日逝世。思之怅然，悲吟一律以寄怀。

修身养德字犹温，屈子相招叩帝阍。
冰岭雪花哀万片，瑶池清水奠千樽。
勇持牛耳开民智，敢逆龙鳞壮国魂。
云路茫茫仰天问，从今何处觅程门？

下棋夜归

月光残影踏深更，落叶秋声送耳听。
棋兴归途犹未尽，仰天指点弈寒星。

行香子·贺宁夏诗词学会成立

浪续涛奔，气畅霞喷。倚东风、青眼长温。豪情万里，千古诗魂。系楼兰雪，皋兰树，贺兰云。　黄河流墨，西塔毫伸。写高天、铺纸无垠。运斤月桂，弭节曦轮。聚摘星手，吸江客，拔山人。

满庭芳·贺新疆诗词学会成立

黄鹄辞悲，岑参句老，而今我辈风流。冲霄拔地，千古一旗抽。毕竟金风晓事，莽原外、来送轻讴。重阳日，登高四望，韵散满天秋。　　悠悠！丝路远，路拴尧壤，丝系全球。把浸诗沙粒，绿撒田畴。不种浮花浪蕊，雪莲放、标格清遒。天山上，豪吟云载，四海传邮。

1989 年

辞 典

向人坦腹任搜肠，归去依然面壁藏。
但得毫头织锦绣，自身不恨不成章。

冬日即目

树上残阳冻不移，雪原千里抹高低。
冲寒哈萨行程惯，驻马山前辨兽蹄。

行香子·剑歌十二岁生日作

三四毛猴，五六丫头。蛋糕前、臭味相投。
行为诡秘，话语唧啾。正不知臊，不知累，不知
愁。　批评便怒，夸奖无羞。听人说、品学兼优。
家中打醋，校内加油。愿驯如羊，忠如狗，健如牛。

赠栾睿学兄

有幸对君抒慨慷，行藏自笑两茫茫。
苍天容我长吁气，腰系天山走大荒。

西江月·沿头屯河，赋河卵石

曾带一身棱角，乍离千载山丘。细磨幸遇众良俦，方免浊流冲走。　但望澄清河水，暂教显露珠球。人言圆滑总无由，自有坚心如旧。

蛇年咏蛇赠朱玉麒学兄

折腰但为暂潜踪，惊蛰声中破土封。
自有腾天吞象胆，羞言小字耻攀龙。

托克逊观柯普加依岩画

历尽沧桑画留真，似说当年牧迹勤。
红柳花开人不见，风来摇动一川云。

桂枝香·高昌故城怀古

残城故屋，展历代兴亡，教我披读。闻说车师五战，山凝遗镞。法师驻马谈经日，纵肠空、气通天竺。侯姜威猛，戈挥雪止，马蹄轻速。　登临意、如城高筑。借莽荡边风，输情千斛。远望荒原一抹，无言翻绿。斜阳泼血依山久，见流霞天外如瀑。驴车归处，炊烟渐起，葡萄新熟。

坎儿井水

前身原是雪和冰，为润苍生千里征。
不是趋炎争地者，出山仍似在山清。

赤　亭

泼丹城堡地天中，疑是当年旗影红。
大漠数株沙枣树，犹摇铁马裂云风。

西江月·哈密四堡观麦西莱甫

道古泉清村远，天低野阔星高。鲜蔬新杏并
香醪，先敬邻家翁媪。　　手鼓敲回流水，歌声
催熟葡萄。镜头难尽彩裙飘，不觉东方将晓。

入天山遇微雨口占

雨点一车云一溪，雨停又得半天霓。
时髦我欲学商贾，运向家中售与妻。

六月二十七日翻天山

此地风光绝，九州无匹俦。
云波常袭足，松浪欲倾头。
雪拥青崖稳，风吹赤日流。
登高天地远，一望散千愁。

至松树塘

轻车已破白云封，回首天山路万重。
相送清风犹恋我，钟笙满耳荡青松。

满江红·巴里坤登岳公台，步岳飞韵

人去台空，英雄气、冲霄未歇。豁眸处，远荒翻浪，晚风正烈。凝碧天山吞落日，扬尘大漠衔边月。看江山一统共金瓯，情何切！　　马啮石，旗卷雪；千帐里，灯明灭。想戈挑泉出，剑挥山缺。盖地青松悬铁甲，接天蒲海盛忠血。使丝绸古道贯舆图，通京阙。

俯眺巴里坤湖

背倚冰峰暑气无，登高北望世间殊。
飞天健马红云乱，裂石酣歌碧草舒。
松浪频招风过岭，波光远纳雪倾湖。
不须画匠丹青抹，倒影平铺山水图。

巴里坤湖边驰马

今日我横行，天山挂晓钲。
前程看鞭首，心境听蹄声。
长啸湖云瘦，飞驰荒野平。
离鞍情未已，酒向大杯倾。

巴里坤湖边观阿肯弹唱

弹唱声中草色青，牧人马背挂颐听。
多情阿肯未终曲，俯看湖中云已停。

阜康道中望博格达峰口占

遥闻盛暑雪消声，万壑奔泉入眼青。
愿汇瑶池酿新酒，谪仙唤起约山灵。

蝶恋花·过澧水书所见

背篓红岩人待渡，明灭青山，家倚斜阳住。赶集卖瓜钱未数，一篙点乱波中树。　　远嗅山村油与醋，想得妻儿，屡望门前路。修竹石阶云绕处，轻歌声里长天暮。

生查子·游索溪峪晚归旅舍

稻田飞鹭鸶，溪水流花雨。青嶂彩虹拴，千里交相语。　　门开云自来，门闭翻墙去。不见费吟哦，满院留诗句。

索溪峪出黄龙洞

嬉嬉白发与红裙，又见桃源浴夕曛。
为避渔郎再寻至，洞开流出一溪云。

游索溪峪西海

登攀不知累，花木久扶肩。
十里高低路，千重远近泉。
风吹窍石语，云斩瘦山悬。
亲友如相问，吟诗我在天。

念奴娇·天子山谒贺龙元帅铜像

魂依铜像，伴湘西父老，死生难别。天子山头残日染，似泼当年鲜血。云卷雄风，溪流清气，新竹拔高节。林间石路，马蹄尚有余热。　　犹记旷古奇冤，粗枪大剑，付与如簧舌。鞭指旌旗情不尽，再统青峰千叠。北望京师，丹心难泯，日夜遥倾说。我来长啸，一声草伏山裂。

雨中百丈峡

直疑此处是桃源，背篓人过雨里山。
景色都倾溪涧水，悠悠一路送人间。

溯金鞭溪小憩

难为造物巧安排，丹壁青峰处处栽。
前路风光不须问，暗随溪水已流来。

苏幕遮·登张家界黄狮寨，为旅游恋人赋

水连山，山欲矗。山碧裙红，惹得山花妒。琴韵清风修竹吐，天籁长鸣，不必周郎顾。　　语情人，时莫误。一缕幽思，可借流泉诉。接吻无须待日暮，休怕人窥，人在云深处。

谒韶山，步毛泽东《到韶山》韵

风云久孕此山川，古屋雄才百载前。
摇水碧荷舒铁掌，排空翠竹指长鞭。
挥开史册千秋笔，拭净神州万里天。
北望京都人已远，韶峰肃立半含烟。

水调歌头·登岳麓山

西域雪山客，岳麓放双眸。雁衔云影霞片，双翅带新秋。一阵劲风吹日，十里苍崖摇树，啸荡走貔貅。凝碧连湘水，湘水接天浮。　　黄兴起，松坡笑，指金瓯。江山今日如许，先烈奋吴钩。山下书声涌起，世世丹心相继，三楚竟风流。明日阳关外，把酒话南州。

登南岳祝融峰

登高一挥手，从此别尘氛。
啸远击红日，歌长破白云。
迎人山石懒，抱足野花勤。
莽荡天风到，钟声入耳闻。

南岳忠烈祠寂寥无人，遍山寺庙香火缭绕，谒此感赋

浴血当年岂顾勋，衡山托体恨何深。
英魂今日同声哭，催起悲风卷黑林。

水调歌头·登岳阳楼

心慕岳阳久，万里上斯楼。北来随我征雁，嘹唳诉新秋。下望洞庭茫渺，浮动西天残照，浪走泛金流。一点君山影，伸手可遥收。　黄叶怯，红树静，白云柔。倘邀杜老重到，一洗古今愁。千顷晴波依旧，都化纯阳美酒，不醉更无由。难阻今宵梦，吟月上轻舟。

谒鲁肃墓

青坟如子敬，不改旧粗疏。
劝借荆州地，遥惊孟德书。
威行陆溪口，功压洞庭湖。
日落归舟晚，渔歌犹汝呼。

登君山

青山一点拔沧溟，落日红霞满洞庭。
我有诗情如浪涌，会心妙处唤湘灵。

念奴娇·登黄鹤楼

碧空人到，俯尘寰、激起少年心烈。滚滚大江东去也，犹带岷峨精魄。龟阻蛇拦，楼牵桥锁，依旧流如掣。仙人旧事，遥随雪浪沉灭。　　万里但为风云，一泻心胸，非是观光客。黄鹤空谈联语竖，不过骚人飞墨。南望云间，北瞻日下，又沸周身血。收眸回首，取来铁笛吹裂。

念奴娇·东坡赤壁感怀，步东坡《赤壁怀古》韵

家居西域，惯边声、饱看毡乡风物。歌绕长鞭天马走，行遍天涯戈壁。豪放东坡，倘来吾土，探笔天山雪。新词赋罢，斯时方显才杰。　　莫道淘尽英雄，英雄又起，似浪重重发。恩怨如烟回首望，都被长风吹灭。壮志难消，心潮叠涌，岂负青青发！泛舟今夜，江心摘取明月。

伯牙台

伯牙往事已模糊，故弄玄虚道必孤。
倘使子期终不见，高山流水等秋芜。

南柯子·东坡赤壁留赠

对景谈形胜，披图论火攻。晴波映出小乔容，
教我一杯清酒酹英雄。　　赤壁收斜日，长江带
晚风。绿杨深处问行踪：能否明年今日再相逢？

登鄂州望江亭

日夜长江水，古今三楚天。
凉风吹两岸，秋色载千船。
赤壁苍茫外，西山浩渺边。
吴王试剑处，似有火星燃。

古隆中谒武侯祠

似听梁父到边庭，西域人来此驻程。
老树风生闻甲马，高山云起走旗旌。
若无汉室如先主，安得隆中出孔明。
天下贤才有多少，而今依旧事躬耕。

马跃檀溪处

群雄竞起割舆图，蜀汉三分系的卢。
君看檀溪今日水，已收狂浪润平芜。

谒米公祠

汉江波润米家山，写尽襄阳万里天。
拜石水淫君莫笑，无成似我几人颠？

1990 年

己巳除夕医院侍母

四十年来多别离，膝前能侍几汤匙。
偎床寒夜难成梦，闭室卑辞久问医。
破屋忙炊催起日，油灯督读纺棉时。
惊闻爆竹满街巷，知是人生一岁移。

赠张靖华大夫

不负男儿胆气豪，横行未必树旌旄。
虐人竖子休私语，且看先生正捉刀。

剑歌十三岁生日作

书包岁月两潜添，我女浑浑已十三。
作业完成哼小曲，羹汤未毕作高谈。
下厨仅煮方便面，入市助提蔬菜篮。
照镜出门知臭美，新衣挂体态增憨。

赛里木湖

冲破重岩百道箝，奇观惊见口难谈。
霞涂古雪朱颜醉，风起深松笑语憨。
骏马奋嘶千岭绿，牧歌远带一湖蓝。
相机收尽天然画，谓我贪心总不惭。

果子沟

雪岭摩天正上方，驱车坠入百花囊。
羊群随意银镶碧，野卉无言紫间黄。
截路瀑流声似怒，缠云奇石势如狂。
牧人归处斜阳晚，一缕清风马奶香。

宿果子沟外农家

牧人鞭指处，来醉酒三觞。
圃阔新蔬熟，风凉老树忙。
柴门水柔弱，雪岭月苍茫。
小犬难寂寞，哞哞惊梦香。

伊犁河雅马渡书所见

乌孙山雪与天齐，河岸青苍日渐西。
饮马姑娘风落影，英姿随浪到伊犁。

西江月·伊犁河南岸观叼羊

鞭舞压低荒草，蹄飞踏碎斜阳。沙尘影里喊
声狂，惊起伊犁河浪。　　胯下龙媒舒卷，胸中
豪气开张。任他胜负又何妨，博个莽原雄壮。

西江月·伊犁河南岸逢故人

摘得西坡熟豆，抱来南亩新瓜。伊犁河水煮
清茶，人在葫芦架下。　　只说一生难见，眼看
三落春花。相逢今日莫思家，消尽天涯初夏。

过昭苏草原

南风吹绿过昭苏，千里荒原荡一呼。
古雪山头消更长，薄云脚下有还无。
群羊远去遮红日，天马长嘶出碧芜。
导我清溪转弯处，人声毡帐淡烟孤。

念奴娇·伊犁河感怀

长河寒泻，薰风里、融淌天山清雪。直欲西天吞落日，千里云开崖裂。浪洗归蹄，草肥群牧，一抹苍茫色。征鸿数点，随波天际明灭。　　想得公主来归，天骄携手，拭净乌孙月。后续丝绸遥万丈，西域中原纽结。察合台汗，乾隆皇帝，剑保舆图阔。水中应有，英雄守土鲜血。

过特克斯

四面高山起小城，河声麦浪两相生。
卖瓜人指前方路，十里青杨遮道行。

满江红·登格登山

我马长鸣，鞍桥外、荒原空阔。鞭指处，格登山上，草低风咽。天际新禾青浪卷，峰巅哨所红旗掣。想前朝、浴血固金瓯，戈相拨。　　伊犁地，舆图裂；达瓦齐，挡车辙。但一挥长剑，烽烟沉灭。各族军民威势远，天山南北群情烈。读碑文、万岭荡回声，飞云泄。

苏木拜河西望

岸边不忍话当年，满目依然旧逝川。
无语飞鸿心亦苦，东来不肯再西旋。

昭苏圣佑寺

落日残霞印雪峰，山门蒿满野云封。
知无人到喇嘛睡，时有清风误撞钟。

伊犁汉宾路上书所见

雪泉云影碧天长，家在绿荫深处藏。
悦耳摇篮停唱后，隔墙新杏满枝黄。

伊宁县吐鲁番圩孜书所见

树荫碧染络腮胡，一马轻蹄意态舒。
巴札归来天尚早，菜园屋后又提锄。

伊犁宾馆原为苏联领事馆，为余妻文宇心出生地，赋此寄之

四十年前坠地初，岂知措大乃其夫。
墨磨入砚终非茗，笔插如葱不是蔬。
纵孝椿萱欣踊跃，欲装儿女费踟蹰。
寄言灯下休熬夜，上学书包待早厨。

西江月·霍尔果斯口岸为剑歌买礼物

饭后再搜钱袋，书生难作爹爹。知她灯下等归车，昨个叨叨一夜。　　屈指生年属相，买条木削盘蛇。小猫小狗再捎些，不惹王家小姐。

登惠远钟鼓楼，最后一任伊犁将军志锐被击毙处也

跋扈将军事已迷，登楼但见草萋萋。
倘使伊犁君早任，沙俄不致割河西。

伊犁芦草沟卖蒜人

自产难销心已焚，棚居路下乱纷纷。
价廉谁解个中味，大蒜含辛总似君。

题拙编《西域风景诗一百首》卷首

青松倒举作霜毫，墨满瑶池日正高。
大漠平铺千万里，来从塞外领风骚。

重阳日登北京西山

边城一别意难伸，此日登高最可人。
树挂云丝绕身久，雁衔秋色昵声频。
小溪下视抒柔臂，霜叶横看展绛唇。
西去群山远如海，多情更在海西滨。

西江月·秋游北京云岫谷

日落染颜娇腻，风来出语轻柔。游魂虽已付
清流，却绕秋峰不走。　　红树高低爽朗，黄花
左右绸缪。且将野火煮烦忧，闲看白云苍狗。

1991 年

返京途中，车过戈壁怀内

火车长路费沉吟，大漠深深夜亦深。
新月如钩欲西下，上加泪点即成心。

登慕田峪长城

燕山又见草萋萋，脚踏青云步步梯。
一道长城系腰稳，四围晴翠入怀低。
女墙无语留旗影，苍石多情印马蹄。
浴血当年人不见，天风远荡大荒迷。

李莲英墓书感

由人说尽是和非，恐未朝堂称罪魁。
腐朽簪缨知几许，如君毕竟少三陪。

余访学期满，将归西域，赵义山学兄置酒赋诗送行，因步其韵奉和

将出阳关感物华，书声歇后未忘家。
菜帮偏贱一年啖，钞票无多半月花。
友至青灯侃怪事，酒过白眼望仙槎。
吟兄欲赏天山雪，我舀瑶池煮野茶。

留赠博士吴龙辉学兄，步其送余归西域韵

日翻书册不知年，耐得天山雪气寒。
回首儿时身似草，放言斗室臭如兰。
长忧家国飞清泪，空著文章遮赧颜。
功业无成捋白发，高山流水续琴弹。

水龙吟·辛未新秋登滕王阁

乍离西域风沙，江南寻到滕王阁。为酬幽梦，为收佳景，为交王勃。万里萍踪，一个行囊，三千丘壑。想年来遍见，名楼新貌，岳阳醉，追黄鹤。　　已惯登高望远，但平生、厌烦文弱。折腰伸手，夜光杯满，赣江频酌。雨退西山，云归南浦，落霞轻嚼。正征鸿北至，晴空引我，把诗情捉。

过汨罗江书所见

屈原魂魄鼓风多，帆满归舟下白波。
一片夕阳芦荻外，两千年事付渔歌。

青云谱，八大山人隐居处也

画幅山河转瞬空，王孙挥笔梦朦胧。
门前一镜清泠水，哭起寒波笑起风。

八一南昌起义总指挥部旧址怀贺龙元帅

军旗一自起南昌，气夺当年日月光。
但护乾坤千载稳，岂知狐兔四人狂？
忘生枪柄常悬胆，屈死马蹄犹带霜。
拜像深躬情未已，江南开眼碧天长。

石钟山

吞吐彭蠡惯，鸣钟破寂寥。
水浮山欲动，山锁水无嚣。
塔向云中出，船从天外飘。
坡仙何处也，不尽雨潇潇。

满庭芳·谒汤显祖墓

蕉静园空，池平鱼懒，柳枝暗送蝉鸣。石碑无语，一揖动心旌。挥起牵媒妙笔，越生死、眷属终成。君知否，人间千载，读破牡丹亭。　魂萦！知此际，天涯望眼，有泪盈盈。更年来夜夜，梦入寒星。尚憾临川砚浅，犹未尽、儿女痴情。松荫下，一腔心事，细说与先生。

登南昌绳金塔

登高不见乱云横，如洗长天万里青。
倘有人间不平事，我来传向玉皇听。

游彭泽龙宫洞

腹藏奇秀远尘寰，不许凡胎一往还。
记取青山曾孕我，此生我未负青山。

玉壶洞乘船出

深山但见吐流泉，古洞云封别有天。
我问游人谁似尔：腹中雅量可撑船？

西江月·游庐山东林寺

盛夏我来西域，今朝心静东林。偶摇风竹似僧吟，钟磬声声生凛。　　千载白莲犹旺，一时慧远难寻。夕阳西下乱山深，留得闲云一枕。

题与凌左义先生聪明泉闲话小照

郊寒岛瘦兴何如，共说家藏数册书。
纵饮聪明泉水尽，世间人事总糊涂。

九江烟水亭，三国周瑜点将处也

猎猎旌旗日月高，当年提剑战寒潮。
恋人今日柳荫里，又见周郎携小乔。

题与传真和尚庐山留影后

凡夫含笑对袈裟，指点匡庐雨后佳。
一句禅机犹未了，斜阳无语叩青崖。

游庐山小憩仙人洞

心撑佛手压，张目地天开。
幽涧收云去，长江入洞来。
周颠走白鹿，吕祖醉高台。
我代神仙坐，红霞随意裁。

龙首崖

一声长啸助松风，欲叩天门隔万峰。
休道书生心胆怯，拨云今日我骑龙。

庐山路迷深林

匡庐寻捷径，一日独行迷。
竹密斜阳漏，叶香群鸟撕。
寒潭印身影，碧草洗鞋泥。
送我不辞累，回头谢小溪。

五老峰观日出

苍松长拂野云开，五老峰头立石台。
晓日如丸收掌后，天风莽荡送诗来。

游庐山三叠泉

为酬西域恋山情，来看星河接地倾。
千道琴弦三叠壮，一丛马尾半空轻。
已知身降从天落，再拟波冲向海征。
家住阳关雪山外，别离不必奏悲声。

游庐山秀峰

怀人恋景步难移，欲拜青山为我师。
深壑近收千幅画，大田远弈一枰棋。
溪云未掩襄阳墨，瀑布仍流太白诗。
陶令吟声频入耳，夕阳红处即东篱。

庐山黄崖瀑布

何年天降劈嵯峨，不尽雷声走涧阿。
说与玉皇当治漏，银河只恐水无多。

庐山浴朱夫子漱石处

苍松影里竹千竿，流水高山落日圆。
浴出原形无垢体，此身不愧对青天。

水调歌头·白鹿洞书院

我自天山外，万里访遗踪。浔阳楼上南望，五老立雍容。浩渺彭蠡烟水，却把波翻雅乐，送此鼓松风。留客清溪绕，藏古白云封。　千竿竹，排云笔，写晴空。为描华夏新貌，蘸墨大江中。今日明伦堂上，济济寰中名士，谈笑尽抒胸。白鹿向何处，举首望青峰。

夜宿白鹿洞

空山银汉下，万籁寂无声。
竹影频移月，松柯欲扫星。
床依青石稳，梦过碧溪轻。
白鹿似重到，明朝送客行。

登浔阳楼

人说宋江醉，我来犹一扶。
楼高接丽日，壁白映匡庐。
窗纳芦风淡，江流雪浪粗。
楹间水浒画，指点答渔夫。

琵琶亭感赋

挑风担月惯烟霞，四十年来处处家。
雪浪江头一杯酒，笑他司马赋琵琶。

长江落日

两岸青山似敞襟，远来飞鸟入霞深。
大江浪击斜阳碎，散作东流荡荡金。

开封包公祠观塑像有感

依稀当日旧容颜，内里全无一寸丹。
也似今朝名利客，官场学样与人看。

州桥遗址书所见，《水浒传》所写杨志卖刀处

今日天街人似潮，提篮翁媪嗓门高。
田间多少英雄汉，来卖新蔬不卖刀。

游相国寺

伏天日午少游人，静立荷花脸半醺。
佛殿僧眠阶草碧，偶来飞鸟下青云。

开封龙亭

笙歌墙外乱纷纷，谁识龙亭旧主人。
君看潘杨两湖水，已从桥下过新鳞。

题黄河哺育塑像

腰揣怀抱乳头含，长使婴儿睡意酣。
世界如今学步快，母亲应许出摇篮。

临江仙·登黄河游览区浮天阁

目送大河东去，心随平野难分。松涛脚下走千军。开窗抚浊浪，伸手握飞云。　　新稼青铺两岸，粉墙白点千村。邙山归牧正呼群。滔滔无尽酒，落日似含醺。

送栾睿学兄之京师攻读研究生

西域秋风未肯闲，碧空吹月半轮删。
澄心禅悟僧尼上，处世人于儒侠间。
易水波平宜返涉，燕台金尽不须攀。
从今手捧天山雪，许我三年望玉关。

博格达峰下采雪莲

浮花浪蕊总纤纤，谁把瑶池绝品瞻？
长倚雪峰甘耐冷，远离尘世不趋炎。
百张素叶虽收裹，一点丹心未闭箝。
山路崎岖人晚到，纵迟相识又何嫌！

1992 年

过干沟遇修路，走便道

车走黄尘弥两间，万山如鬼路盘盘。
出沟也让钟馗怕，我是娲皇上古抟。

库尔勒道中阻车书所见

春风已到草犹黄，老树无言抱夕阳。
四五阿訇下车去，声浮平野荡苍凉。

开都河农家小坐书所见

白杨影里面河居，鸽弄晴空落照虚。
坦腹巴郎游泳后，拖泥带水笑骑驴。

博斯腾湖垂钓

西母回眸处，清波万古留。
白云来眼底，绿苇荡肩头。
野阔雁声淡，山遥雪色柔。
长竿收落日，诗句满鱼钩。

念奴娇·登铁门关楼

凭高眺远，看巨沟横处，天山深割。山骨高撑千仞外，苍鹘一声遥没。数叠云涛，千秋雪韵，都向青天抹。满河豪气，荡开大漠流泄。　　算我行遍天涯，关门屡叩，惯抱驼铃月。前代健蹄留石火，聊供登临斜瞥。公主情多，岑参句冷，任绕骚人舌。但馀沙枣，无言香透崖铁。

轮台路上

轮台路上绿荫浓，老树清泉饮万盅。
目送呼群回塞雁，翅翎犹鼓汉时风。

过库车

龟兹古堞白杨高，分付好风千里招。
旷野碧云人语淡，夕阳红柳马蹄遥。
过街长辫步如舞，饮酒虬髯杯似浇。
又是出城西去路，心随大漠入青霄。

过却勒塔格山

四围仰望峭崖丹，古戍沿河向日残。
似是山灵戏行客，再燃烽火使人看。

游克孜尔千佛洞

胡杨树下暂停征，东望龟兹一日程。
碧水长流接天渺，黑雕直起与云平。
石门彩画窟风冷，古寺青崖夕照晴。
指点南山春草绿，穹庐归骑牧烟轻。

解连环·游千泪泉寄楣卿

路平沙软。正枝头涌绿，小溪清浅。夕日下、
身度春云，看冰泄雪消，石飞崖烂。一揖情生，
思往事、血腾心颤。使悲风斜落，群起慈乌，芦
荻归晚。　　千年月光荏苒。奈人间儿女，尚萦
幽怨。纵夜夜、魂托疏星，恨无赖天鸡，梦成虚幻。
寄尽愁肠，却每每、薛笺嫌短。料这番、开书念我，
泪泉万点。

托什干河即目

河过穹庐更远征，已留雪浪一壶清。
鞍桥稳坐牧鞭指，夕照群羊渡水鸣。

登乌什燕子山远望

我来眺望正炎天，日压冰峰袭目寒。
依次却如抽象画，黄沙绿野拥山丹。

游乌什柳树泉，夜宿泉边

杨柳林荫外，平原鼓碧波。
遥看穿大漠，恐是入天河。
日夕牛羊下，月高儿女歌。
小村声歇后，四野落星多。

阿图什书所见

马蹄荡处大荒开，三两女郎香抹腮。
柯尔克孜衣饰改，也如模特入城来。

三仙洞

斜阳古洞两高悬，遥指雪峰难问禅。
剩有崖前呜咽水，犹敲苍石说因缘。

望海潮·谒马赫穆德·喀什噶里墓 并序

　　马赫穆德·喀什噶里者，《突厥语大辞典》维吾尔族作者也。其墓位于今疏附县乌帕尔乡。其人原为喀喇汗王朝王族子弟，于宫廷政变中，幸存一命。逃出后浪迹突厥人各部落十余年，遍访草原乡村，遗巨著于世。

　　清泉汩汩，芳茵淡淡，萧萧风里胡杨。碧野蓝天，黄沙雪岭，能言十载流亡。一夕脱华裳，草露洗污秽，地阔鞭长。万里山河，千秋文字，满书囊。　　我来捧献心香，有诗情未老，意气犹狂。夜夜青灯，年年白饭，几人识得文章。囤货拜行商，纳贿争金印，君试评量！握笔明朝归去，依旧写苍凉。

香妃墓

边城东指草芊芊，人道香魂花下眠。
望月楼高千鸽过，诵经堂阔万声旋。
身披雪影朝明主，心荡恩波恋故园。
但使金瓯盛四海，琵琶羞拨旧时弦。

艾提尕尔清真寺

敞门开大寺，聚礼穆斯林。
风小涤身静，树高遮道阴。
人来村野远，经荡殿堂深。
穆那传呼后，满城朝日临。

西江月·喀什巴札

试马柳荫扬策，捉羊河岸开刀。春郊十里彩绸飘，舒卷土腔洋调。　　坦腹痴儿梦熟，酡颜老子歌豪。驱车归去白杨遥，尚有一囊喧闹。

谒尤素甫墓

西域多才俊，书开千古香。
名声满宫阙，文采动君王。
泉涌连思路，云来接翰芒。
君看吐曼水，依旧续诗行。

英吉沙赠维吾尔陶者

九分黄土一分水，手里山河已改形。
昨夜不言操作苦，泥壶装入半天星。

满庭芳·谒阿曼尼莎墓 并序

阿曼尼莎，叶尔羌汗国维吾尔族木卡姆学家和女诗人。其父马赫木提为樵夫。阿曼尼莎十三岁时，国王拉失德微服入其家，有感于其诗才与弹奏，纳为王妃。三十四岁时以难产薨。有诗集和木卡姆乐章传世。

芳口词成，君王心动，乍离白屋樵家。一身灵气，日日透宫纱。多少青山绿水，都凝作、曲调咿哑。庭阶上，琴弦风起，指下落梨花。　　年华，悲逝早，一抔黄土，十里苍葭。有翅护坟茔，万点归鸦。我把深情捧出，披青草、远拜天涯。高城外，祭诗遗响，袅袅入残霞。

塔什萨依沙漠书楣卿姓名

黄沙堆上满芳名，风起却教天上行。
一路不须多苦忆，抬头即可见卿卿。

疏勒路上书所见

负日握锄腰未伸，天生也是女儿身。
舞场眉绿红唇者，谁见农家种地人？

题《农二师志》

风雪军旗过铁门，天山留得马蹄温。
黄沙饱灌银河水，赤地遥移罨画村。
新事新人新史志，健才健笔健心魂。
开篇满目春原绿，功业千秋一册存。

游兴隆山遇大雨

肩头耐得白云磨，长啸一声飞雨多。
寄语天公广才路，登高我可补银河。

西江月·兴隆山谒成吉思汗塑像

铁骑笑摧强对，英魂羞避兵锋。兴隆山上起
悲风，似是大汗心动。　　挥走半山烟雨，唤回
千里晴空。金戈指处统青松，权作当年军众。

下栖云山寄楣卿

松声初歇雨声停，野卉无言夕日晴。
唯有相思流不尽，清泉一路泻山行。

水调歌头·独登海宝塔

十里蒹葭路，遍体染苍苍。何须盛夏挥扇，高借白云凉。俯视平沙沃野，却似儿童学画，大块抹青黄。古寺疏钟外，无语下斜阳。　　无铜臭，缺官瘾，有书香。一身轻便吟骨，行处自昂昂。摄取贺兰山色，留得黄河声韵，也算饱私囊。莫使他人觉，归去一生藏。

望贺兰山

伴我云山塞外行，奔驰不肯暂时停。
雕冲落日翅翻紫，马出丛林背载青。
蔓草王陵虚霸气，晚风古戍起英灵。
情怀未了沉吟久，又见西天三两星。

水调歌头·谒昭君墓

墓草总难老，依旧向人青。我来登顶遥望，征雁振飞翎。眼底数排红树，犹似当年仪仗，远接汉家陵。大黑河中水，日夜诉深情。　　嫁与娶，寻常事，漫闲评。千秋民族融合，未必尽刀兵。休问君王百姓，但得心心相印，万里系红绳。今日五洋外，多少汉娉婷！

过包头黄河大桥

寂寥前路碧天长，雨后驱车背夕阳。
两岸葵花一河水，南风起处共腾黄。

贺新郎·由呼和浩特往谒成吉思汗陵

酪酒且休酌！把豪情、捧杯留与，伊金霍洛。
已过黄河千重浪，更看青山如削。斜日外、荒原
寥廓。一阵西风低秋草，见巍巍宫阙金光烁。旗
影动，卷云薄。　　大汗铁骑横长槊。想当时、
南征北战，远驱沙漠。收拾山川连欧亚，都入马
前囊橐。鞭指处，青天欲落。列国君王齐伏首，
料世间不是群雄弱。个里事，耐吟嚼。

游普救寺

袖收朝雨过中条，一抹青苍捧日高。
莺语亭闲倚风冷，蛙声石脆伴诗豪。
塔扶绿树摩银汉，门纳黄河响怒涛。
此去长安路非远，西厢借我写离骚。

题拙著《清代西域诗辑注》卷首

封建千年结有清，伊江东海久相萦。
马嘶雪化荒原阔，鞭指云开大漠晴。
戍客征车边月裹，将军麾帜晓风争。
当时多少豪吟者，留与天山裂石声。

壬申十一月昌吉野外葬母

谁如山左我家贫，风雨萧萧黄叶村。
小院操持饱鸡犬，粗衣缝补暖儿孙。
土坟纵奠三杯满，病榻难回半勺温。
东望玉关归路远，茫茫雪野泪招魂。

1993 年

李修生先生总纂《全元文》，召开学术研讨会于京师，会毕宴集昔日门生于北京师范大学乐群餐厅，席间赋此以呈

燕山招简动征轮，长记堂前训导频。
不与闲情争上下，总从铁笔见精神。
蒙元疆域拓胸远，今古文坛放眼新。
我把舒心一杯酒，携归先洗砚间尘。

紫藤架下候人不至

紫藤不见旧时花，盘结枝柯乱似麻。
雨后高天碧如洗，多情残月挂天斜。

1994 年

鹊桥仙·天山菊花台路上

林荫染首，清风爽口，野阔花繁草厚。书生老去眼昏花，直认作前程锦绣。　　雪山寒瘦，松溪急骤，不尽白云苍狗。变牛作马又何妨，落得个荒原睡够。

火车上丢钱

为筹资斧累荆妻，无奈书生熟睡时。
倘若偷儿贫过我，免教相赠费言词。

题拙著《古代蒙古族汉文诗选译》卷首

江山一统助诗豪，千载文坛树帜高。
且看弯弓盘马者，雕翎收起写离骚。

送朱玉麒赴京攻读研究生

边塞秋风扫路埃，玉关东望莫徘徊。
惯看古道骑驼客，又见今朝倚马才。
大漠流泉期共饮，天山明月待君来。
燕京旧景何须恋，荡尽黄金已拆台。

1995 年

乙亥三月昌吉野外葬父

行年九十梦依稀，万里携家求一犁。
君主暴连民主假，榆关北又玉关西。
茫茫泉壤犹期寄，碌碌儿孙只泣啼。
泪洒天涯春草碧，暮云远去夕阳低。

送剑歌赴中山大学就读，返程留嘱

雪案天山自苦辛，今朝作个岭南人。
无钱无势教书匠，忧道忧贫识字民。
但得长风乘万里，不求寸草报三春。
悬心总是爹娘事，家信还期递送频。

早发固原

残梦飘飘入野青，扑车不断露泠泠。
从今我有傲人处，识得六盘山上星。

满江红·参观西夏王陵感怀

压地浓云，长翻滚、贺兰山缺。秋雨里，王陵无语，荒原空阔。一道残墙如露骨，万枚废瓦曾沾血。问帝王：百姓在当时，争存活？　千百载，戈相拨；功与罪，重新说。自红旗风起，几多英杰。往事难将沙漠数，激情直向黄河泄。蓦回头，放眼下银川，晴阳洁。

登银川承天寺塔

登临豪兴起，秋色欲平分。
碧野眸中荡，黄河耳际闻。
小窗街落日，高塔挂飞云。
更喜新街景，催人运笔勤。

之永宁路上即事

银川三日雨，酿就一天秋。
山缺白云到，渠横黄水流。
塘鱼鼓波细，塞雁叫声柔。
稻浪浮诗句，驱车我尽收。

参观永宁纳家户清真寺

望月楼前路，全将四海牵。
经声浮大野，树影入遥天。
纳氏出家宴，阿訇谈世迁。
丝丝今日雨，别样润心田。

参观沙坡头固沙林场

今日游人赞叹多，也随树影舞婆娑。
果园结果缀珠玉，花棒扬花织绮罗。
碧野展姿通碧落，黄沙伏爪赖黄河。
我家西域不毛地，愿向坡头借一窠。

游沙湖遇雨

下海无能却下湖，湖中雨点化青蚨。
天公向我买诗句，我折芦花蘸水书。

重到海宝塔

秋光相送欲谈禅，华发萧骚红叶翻。
岂料山门轻启后，老僧含笑总无言。

西江月·咏黄河羊皮筏子

但靠一腔清气，曾经几度洪波。往来津渡任消磨，用罢泥滩长锁。　　晓得自家卑贱，教人脚下揉搓。倘如积压已超多，也有覆舟之祸。

与马来西亚黄玉奎吟兄皋兰山小饮

贺兰才别又皋兰，千里行程秋未残。

搔首无悲华发早，开胸一笑碧云宽。

黄河握罢杯中注，红日收来天外弹。

归去天山吾煮雪，待君舍下品清寒。

1996 年

减字木兰花·某出版社不守合同，改余学术著作为自费印刷，筹款无着，愁甚，冬夜难眠，起而赋此

双眸窗上，一夜冰花枝叶壮。天地俱空，又听邻家响壁钟。　　边城老大，难向亲朋持酒话。步出高楼，雪月双清尽染愁。

丹顶鹤

鹤算孤高未见真，虚声千里到青云。
但凭一顶红帽子，便向家禽夸立群。

西江月·挽王洛宾先生

名满神州海外，身经弱浪洪波。当年屈死又如何？情理无须说破。　　琴拨春灯军帐，曲鸣雪野明驼。先生此去莫停歌，自有林泉相和。

读马来西亚黄玉奎先生《兼善集》

先生真酿者，醉我以诗文。
胸荡南洋水，肩挑北塞云。
妻儿情切切，师友意殷殷。
大雪茫茫夜，天山正忆君。

忆铁路工程建设

莫谓人前夸旧踪，梦魂不忍去匆匆。
支锅惯煮濛濛雨，入帐长随荡荡风。
双脚曾牵千岭绿，廿年犹记一灯红。
而今我举书生笔，仍赋轮飞汽笛雄。

高压锅

终生经水火，日日忍熬煎。
潜沸积于腹，长吁仰向天。
平时饱酸辣，过节染腥膻。
有气不得出，粉身惊玉筵！

虞美人花

风前起舞惹人看，千古楚歌情未阑。
还把当年垓下泪，远挥四海染花丹。

春 蚕

借得春风暖，小虫求一伸。
私心为覆裸，张口自缠身。
无骨媚人软，换皮夸己纯。
丝多竟何用，挂向有钱人。

丙子七月既望过乌鞘岭遇雪

一望青苍百里遥，天低老马啸云涛。
花开黄紫蒙新雪，似我无成已二毛。

驱车入引大入秦工程隧洞口占

恰似相机开启忙，车行山腹路偏长。
我非污吏拜金者，出洞何须怕曝光。

大通河上游即目

坪坝无尘麦正黄，高天近岭两苍苍。
小溪流过农家院，频唤红花出短墙。

引大入秦工程观后作

毕竟群英谈笑还，祁连已改旧容颜。
千门铁闸分清浪，一道天渠锁乱山。
伟业已传欧亚外，丰功长荡稻粱间。
从今但得陇原绿，休说春风不度关。

西江月·天堂寺与农人闲话后作

寺古山深僧老，菊黄草绿天青。门前溪水走冷冷，融进声声清磬。　　几句农夫闲话，千秋禅趣真情。释迦许我订来生，愿握百年锄柄。

水龙吟·参观引大入秦工程感赋

千年旱魃凶顽，黄尘吸尽英雄泪。原田龟裂，晴云无望，汗浆长坠。一夜东风，机鸣四起，童山惊睡。看天渠如练，半空飞下，闸门启，清波锐。　　一脉大通河水，使秦川、禾苗饱醉。凳高送目，苍天共色，江南共美。志压祁连，名传欧亚，豪情正沛。向玉门关外，再栽杨柳，把新图绘。

再游兴隆山

识我秋山怨到迟，西风过后野林知。
小河碧浪飘红叶，流至长亭便索诗。

天水谒伏羲庙感赋

传说祖宗书契初，秦州一见事模糊。
劝君今日休趋古，古过羲皇一画无。

登麦积山

金风正值雁南巡，雨后无泥小路新。
步稳天梯来碧落，身轻吟骨别红尘。
舒拳远放云千片，回首平分日一轮。
我是高高观自在，何须求佛纸烧频。

谒李广墓

离离荒草正高秋，毕竟南山占一丘。
飞将部从千百万，无言白骨可封侯？

乐山大佛

脚踏三江岁月闲，手头宽绰惹人攀。
也无心肺也无骨，不倒原来有靠山。

登峨眉金顶游华藏寺遇雾

云雾茫茫隔地天，我来高处不胜寒。
普贤端坐享香火，不见人间行路难。

下峨眉山

揖别禅关意未休，钟声依旧在云头。
俯听霜叶来幽涧，回看寒波挂玉楼。
吟袖广收千点雨，诗囊远括一山秋。
莫教灯下妻儿待，裁就风光万里邮。

高阳台·三苏祠拜东坡露天塑像

初下峨眉，身披秋色，我来携酒三觥。君笑
掀髯，犹如倾诉沧桑：天南地北长流久，待回头、
烟霭茫茫；算而今，万禄千官，不及文章。
萧萧襟袖西风里，共歌上青霄，吟动修篁。
岂料征鸿，翅翻挂走斜阳。借来赤壁当时月，过
黄花、照此篱墙。对冰轮，我说天山，君说长江。

西江月·峨眉山清音阁观黑白二水感赋

带下云崖秀气，飘来古寺幽姿。峰回路转走寒磬，和我相逢不易。　　说与清波自爱，何妨此处栖迟。出山不似在山时，污变恐难由己。

游峨眉山万年寺，李白听蜀僧濬弹琴处也

天梯步步入云深，为问谪仙何处寻？
日暮秋风人不见，飞泉犹响蜀僧琴。

与马来西亚黄玉奎吟兄同游离堆，赋此以呈

出口清吟惯写真，四方草木早知闻。
都江堰走先秦水，玉垒山藏老杜云。
霜叶高随红日落，秋鸿远划碧天分。
忽来暮霭遮望眼，恐是山川怕见君。

日暮下青城山

我自仙宫降，人移景换形。
闲云归远涧，幽磬出空庭。
残日抹林紫，悬泉洗石青。
山门灯下憩，抖落一身星。

登重庆双江楼，望长江嘉陵江呈人字

东望双江不再分，波涛万里破嶙岣。
我知造物真情在，为润苍生作个人。

夜登白帝城坐明良殿

寒山石径向天抽，也学前人秉烛游。
树影无边浮淡月，江声不尽走深秋。
青灯殿上忽明灭，红叶门前任去留。
未了君臣伐吴恨，满川星斗正东流。

溯大宁河

纷纷红叶落篷船，两岸啼秋跃野猿。
峡口喷云石掀浪，不教游客入桃源。

雨中望巫山

大江雪浪壮心魂，东指秋山两岸分。
神女难留真铁汉，任他行雨又行云。

永遇乐·过巫峡

雾锁秋崖，雨封秋水，神女东指。征雁难来，哀猿远去，山作冲天势。豪吟伴我，携风开浪，遥望屈原故里。立船头，红旗翻影，巫峰已过十二。　　修篁挺笔，清波流墨，又把书生激励。虚利浮名，嗟卑叹老，羞向长江涕。千年回首，英雄人物，都到山前水际。阳关外，从今休道，凄凉满纸！

西江月·重到杜甫草堂

不受朱门酒肉，惯经平地风波。卅年意气未消磨，拜谒依然是我。　　漫道肃宗封叙，更无严武嘘呵。较君一事可搜罗，住所未教风破。

陪霍松林先生访重庆红岩

无须立雪侍秋行，有幸红岩启户迎。
足下长江排雾远，眼中丽日透林轻。
风吹阶石正收叶，菊避吟旌不放英。
我对前山觉无路，攀登指点赖先生。

谒当阳关陵

四围竹树郁苍苍，百丈荒坟老夕阳。
枫叶晚霞红胜血，金戈宝剑冷于霜。
魂归郊庙风云动，气贯长天鸿雁翔。
但得乾坤寄肝胆，头颅远掷又何妨！

南歌子·别玉泉寺

论世云形变，谈经日影移。玉泉一碗涤心脾，
又见黄花无语倚东篱。　　佛殿清钟远，秋山碧
叶稀。寺门一揖过寒溪，此去尘途难与老僧期。

黄鹤楼送黄玉奎吟兄归马来西亚

巴蜀烟霞已满囊，登楼又见地天长。
诗催江汉千层碧，秋染龟蛇两岸黄。
山外有山知汗漫，客中送客感苍茫。
欲骑仙鹤鹤无影，且倚金风尽一觞。

1997 年

香港回归抒怀

百年耻雪入尧封，可向儿孙说始终。
不动三军成两制，岂能两岸阻三通。
香江化酒金瓯满，合浦还珠玉鼎雄。
我立昆仑抒望眼，大旗猎猎日升东。

读《农七师志》

毕竟当年解放军，戍边屯垦铸新文。
一身热汗播春雨，千座寒营战夕曛。
黄土长流绿洲水，红旗高卷碧天云。
篇篇都是英雄语，教我青灯充耳闻。

车过秦岭即景

烟霏云敛数声鸡，新起小楼依槿篱。
旭日秋山红叶满，村姑一笑比胭脂。

万 里 并序

马来西亚黄玉奎吟兄发表散文于马，叙去岁共游蜀中事，起首句令余续之，奉命以呈。

万里江山游子情，天南地北总心萦。
云开三峡千峰翠，雨洗双峨一路清。
欲上名楼访黄鹤，先携残日下青城。
笑君自讨当时苦，归去诗囊恐不轻。

宿贵阳五里关

不道征途吟骨凉，小楼远聚四山苍。
月收一夜潇潇雨，洗出清光照客床。

麒麟洞汉卿垂钓处作

游鱼有幸见将军，俯对琼田照夕曛。
不使豪情成过去，投竿日日钓风云。

黔灵山戏猴

苹果香蕉两手挥，岩前树下尽相随。
欲教猴喜人先笑，终究不知谁戏谁。

登黔灵山寻弘福寺

清泉洗石雨初收，路曲林深动客愁。
欲问残阳寺何在，钟声遥撼一山秋。

暮登瞰筑亭俯瞰贵阳，归弘福寺

怜我苍天不许闲，寻诗直欲出尘寰。
楼群高耸冲霄壮，河水长流画地弯。
万里秋风千路树，一城残日四围山。
却闻萧寺钟声起，知是僧催抱月还。

秋游花溪

举步南来秋正高，白云红叶两肩挑。
心随碧浪流千里，手舀琼浆饮半瓢。
山吐清风声飒飒，溪收疏雨影潇潇。
我来不是花开日，成队村姑过小桥。

西江月·进苗寨

人住依岩新屋，歌随绕水长藤。家家打稻趁霜晴，斜日牛归田埂。　老子腊醅藏久，东邻团米初蒸。榕荫教我按芦笙，未毕青山已冷。

游黄果树天星盆景区

天造人间景，分明降乱星。
步移千水碧，指落万峰青。
斜日染花屬，长篙点画屏。
往来如蝶梦，自觉蜕身形。

浣溪沙·过天星桥登山

两岭风光一担挑，补天遗石自成桥。瀑流下望破云涛。　无愧问心何惧险，有诗催步惯登高。女娲招手到青霄。

游黄果树水帘洞，戏为孙悟空作

长毛裸体水遮羞，石殿清凉胜九秋。
纵是洞中权可弄，作人我不羡猕猴。

贺新郎·观黄果树瀑布

谁决银河口？想清波、头探北海，尾拴南斗。一派寒流乾坤肃，前路开云裂岫。千万里、风雷奔走。也似天公威怒起，使贪赃邪恶无余漏。环宇内，洗腥臭。　　晴阳突至青崖后。望虹霓、条条彩线，碧空飞绣。白浪黑潭鸣天鼓，知是催诗出手。却不愿、人间轻售。但得清凉吟骨在，便溯源直欲天门叩。当不负，月宫酒。

水调歌头·戊寅秋观黄果树瀑布

寒瀑自天降，千里走滔滔。直教大地为鼓，万古任狂敲。震起青山无数，都向晴云高处，挺拔展长腰。山又撑红日，日又把霞烧。　　洗鄙吝，扫怯懦，淡牢骚。心随雪浪东去，浩荡卷新潮。不负山河雄壮，不负杯中佳酿，吟兴正扶摇。趁此星河水，对景试挥毫。

登甲秀楼

南明河水洗征尘，两袖清风对夕曛。
遥望归途人已倦，登高无意到青云。

昆明入圆通寺

云影钟声正上方，佛前不必问行藏。
老僧为我谈禅罢，叶落秋山万树凉。

西江月·游昆明金殿，评吴三桂

倘是政修弓硬，谁能独霸尧封？满洲当日阻
关东，怎见山河一统？　　且看汉唐金殿，几多
边地英雄。翻云覆雨为穷通，方判儿郎罪重。

登大观楼

登楼东指纳朝暾，百载沧桑思绪纷。
目接白云来万里，手推碧浪走千军。
繁华且请回头望，清脆长教充耳闻。
可叹髯翁联句老，何人继起铸新文。

登西山龙门

滇池痛饮到苍冥，来摘红霞万丈晴。
纵过龙门仍是我，随心哭笑一书生。

聂耳墓

魂伴秋山红叶飞，悲歌一曲国扬威。
长城血肉筑成后，养得几多狐兔肥。

云南民族村

真真民族大家庭，共倚西山帘幕青。
每见村姑楼外去，开屏孔雀便梳翎。

游路南石林

处处无门处处门，通幽曲径费精神。
平生不会弯弯绕，自是前程碰壁人。

飞机上望滇池

乘风背负满天青，下望人间总不平。
幸有一方清净水，千年无语润苍生。

打洛路上

风光百里印征衫，脚荡青红头染蓝。

随意相机轻摄取，便成一幅彩云南。

西江月·缅甸勐拉观人妖表演后作

台上唇红臀大，座中啸指扔钱。纵然此处说
休闲，难免几分轻贱。　　晓得人身异样，引来
游客狂欢。假如腿断手儿残，刮目可曾相看？

水调歌头·沿澜沧江

君握手机稳，听我与君谈：澜沧江水狂猛，
呼啸破山岩。激浪千回百转，长绕傣家村寨，不
肯出云南。直欲浇红日，扫雾洗天蓝。　　椰林
远，风吹绿，透澄潭。彩裙赶摆三五，抖落笑声
甜。已把相机摄满，再把诗囊张大，一任说心贪。
君倘有佳酿，照片许君瞻。

橄榄坝书所见

平原广百里，村寨敞千扃。
街道菩提树，篱笆孔雀翎。
山岚蒙日紫，竹叶染天青。
赶摆彩裙远，徐徐入画屏。

西江月·游勐仑葫芦岛热带植物园

植物园中浓绿，葫芦岛上长红。椰林高扫净
晴空，引得诗情飞涌。　　坐处花多降雨，行来
叶大生风。傣家游女过芳丛，带走清香一捧。

西双版纳周总理泼水纪念碑前作

一瓢凉水笑呵呵，自可退烧驱病魔。
四十年前泼燕北，中枢失计恐无多。

西江月·昆明莲花湖，相传陈圆圆自沉处也，游此感赋

李闯向称流寇，满洲确有雄图。深思度势启
关枢，未必冲冠一怒。　　但叹红颜薄命，万千
村妇何如？每当骚客黯前途，推出圆圆叫苦。

莲花湖吊永历帝陵

高天云阵正凝愁，湖畔荒陵对暮秋。
君主十年抛血泪，朱明一脉系林丘。
也知大势随波去，却使深仇埋地留。
旧日弘光若相见，应将成败问缘由。

往大理车中望月寄楣卿

苍山高处月轮高，千里随车慰寂寥。
想得倚窗君未睡，秋风两地正萧萧。

望苍山

我自斜阳外，苍山一望迷。
纳云藏古寺，倾翠入清溪。
竹密人声弱，风高鸟翅低。
耕歌起何处？石路向天梯。

大理古城购得大理石笔筒

腹藏洱海千溪水，面展苍山万里云。
料得携归抽笔日，酿成白雪扫星文。

大理崇圣寺早毁，唯余三塔傲立

已无廊庙束身围，日日朝阳并夕晖。
剩有撑天筋骨在，苍山抒眼彩云飞。

蝴蝶泉　二首

（一）

弄云峰腹吐清泉，为润苍生来世间。
我到不逢蝴蝶会，长流心曲响潺潺。

（二）

风过疏林草色肥，苍山云去放晴辉。
深秋落叶清波里，犹似蓝天彩蝶飞。

洱海泛舟

画意诗情载一舟，相机不吝景全收。
钟来禅寺断云散，人去渔村小曲留。
残日影铺千道彩，清波声带四山秋。
兼葭归路休言远，风满衣襟月满头。

1998 年

天山水西沟夜话

风吹凉月万峰低，小语如歌送远溪。
莫道归程多寂寞，穹庐外有马敲蹄。

天山阿尔萨沟遇雨

相逢初歇马，席地便传杯。
雕翅卷云过，松梢送雨回。
千山收乱水，一涧放轻雷。
天外虹霓起，弯腰远作陪。

诗会期间与马来西亚黄玉奎吟兄
游石河子北湖戏作

塞外豪吟大笔粗，堤开灌砚水将枯。
也知远道君来意，拟运南洋入北湖。

水调歌头·石河子博物馆见兵团地窝子照片感赋

五十年前事，一见暗心惊。西征虎旅居处，掘地覆柴荆。上对苍天无愧，下接黄泉何惧，大野数寒星。谈笑与风雨，餐饮伴蚊蝇。　辟荒漠，引雪水，赖人耕。军旗映日如血，换得稻田青。我向高楼广厦，但愿红男绿女，勿负老屯兵。试看酒杯里，犹有汗珠盈。

瞻石河子广场军垦第一犁塑像感赋

肩索遥牵晓日移，汗浆洒处即春泥。
大旗影动金沙远，壮志歌翻碧落低。
边塞长流千道水，荒原初报五更鸡。
棉云稻海景无限，都自当年第一犁。

遇钟振振吟兄于全国第十一届中华诗词研讨会，赋此以呈，恭步《途次偶成》韵

豪吟今日起雷霆，不向前人乞五经。
酒碗已融千岭雪，诗囊待括一天星。
君临大漠开生面，我觉天山改旧形。
纵是御风归去后，依然雄句满秋庭。

八声甘州·戊寅夏新疆师范大学宴请全国第十一届中华诗词研讨会与会代表

　　有吟朋四海五洲来，西域共清蟾。听欢声笑语，土腔洋调，阔论高谈。化酒天山冰雪，豪气一杯涵。韵起门须闭，怕裂层岩。　　幸据这般时代，令三唐诗愧，两宋词惭。喜阳关西指，万里净天蓝。蘸瑶池、远挥椽笔，愿火州、山顶熄神炎。边城柳、送君归去，绿到江南。

水调歌头·临霍尔果斯界河

　　伫立河西望，是我旧林丘。惊心史册翻过，不忍话从头。尚爱无涯芳草，一片斜阳轻抹，牛马正悠悠。车逐东风远，荡荡向东欧。　　国门里，起雄气，展新猷。云间赤帜飞舞，边阵映兜鍪。却笑封狐黠鼠，也欲张牙弹爪，说梦闭双眸。寸土自先祖，谁敢裂金瓯。

平韵念奴娇·戊寅夏陪马来西亚
黄玉奎吟兄登塔勒奇岭

　　歇鞭停马，顺长风遥瞰，万壑千岩。数片寒
云催白雪，浑欲吹破天蓝。飞瀑砰訇，苍松摇荡，
声色满征衫。夕阳西下，紫霞来挂眉尖。　　非
是沽酒无钱，张簾填饿眼，又有何嫌。且把相机
开巨口，特许今日贪婪。如此风光，环球诗友，
未必不清馋。明朝归去，请君远运天南。

西江月·游赛里木湖

　　风色催开襟抱，松林染绿须眉。吟鞭笑指马
如飞，卸下一湖烟水。　　已碎波间雪岭，难捞
桨底云堆。游船回首看芳菲，拴在滩头岸尾。

谒雍正泰陵

一带流光压碧岑，殿堂也似九秋深。
同胞兄弟分泾渭，反目君臣看古今。
伐异何须文字狱，拓疆难免虎狼心。
云天不见恩仇在，时有松风发浩吟。

水龙吟·与北京师范大学诸葛忆兵朱玉麒苗怀明三博士同车游清西陵

　　紫荆关下清秋，轻车轮外风光掠。蓝天如洗，丹枫如染，青崖如削。四个文朋，一瓶村酿，三生前约。指苍凉易水，浩歌激荡，催斜日，将西落。　　二百余年皇位，剩陵楼、金光流烁。墓门长闭，国门残损，柴门贫弱。几度沧桑，英雄时起，各呈才略。正山河判断，春秋大笔，待诸君握。

临易水

　　驱车临易水，冷雨降秋凉。
　　落叶飘愁远，流波逐恨长。
　　纵教嬴政死，难免蓟城亡。
　　毅魄归来日，丹心对上苍。

荆轲塔

　　高塔耸匕首，广原开地图。
　　残阳正溅血，荆卿尚在无。

沁园春·参观北洋水师提督署

步踏深秋，天海吹蓝，松柏送青。看辕门分立，巍巍流彩；军旗高竖，猎猎飞声。几道空廊，满庭清昼，号令犹闻起水兵。徘徊久，剩冲天长叹，返绕丹楹。　　当年弹裂烟腥，想舰起雷霆海欲倾。恨丧心遮目，虺蛇西母；张牙舞爪，豺虎东瀛。幽愤横胸，深仇透骨，教我神州奋健翎。登高处，见风翻海域，波荡英灵。

威海黄岛炮台

黄岩碧水影斑斓，料想风光自昔年。
残炮似知遗恨事，至今怒口向东天。

刘公岛旗顶山作

旗顶山头舞赤旌，苍苍一望接东瀛。
自从甲午清庭败，海浪长年似炮声。

游刘公岛

小岛我初到，诗情衬浅秋。
清风催远舰，残日逐轻鸥。
甲午眼前过，戈矛海上修。
登高频四望，已换旧神州。

醉蓬莱·登蓬莱阁

正澄波万里，心系蓝天，身披斜照。一笑登临，有轻风萦绕。襟上无尘，胸中无垢，更无须清扫。玉宇琼楼，仙踪不见，难成诗稿。　　四十年来，炎凉都过，风雨长经，江山看饱。已惯粗疏，作边氓还好。佳境人间，酒朋歌侣，在穹庐芳草。回望归程，天山雪满，玉关秋老。

八仙渡海口作

小技人间我见多，神通显罢又如何？
八仙去后无消息，云海茫茫涌碧波。

戚继光祠

横戈跃马证勋名，草树斜阳父老情。
一自故乡归毅魄，海涛日夜作军声。

赠石河子诸诗友

诗人窝里我曾经，健笔长年播晓星。
旧雨鸣琶显身手，新潮响鼓走雷霆。
天山明月唤李白，大漠雄风追艾青。
又见南来九秋雁，鸿章万里壮征翎。

将赴大马，陈永正吟兄邀刘逸生诗翁及其子斯奋先生饯余于羊城

酒浆今日染征衫，笑指高楼一夕酣。
大马新知千载遇，五羊高谊两肩担。
开襟豪诞来天北，挥笔清超起岭南。
从此十年书不读，夜光杯满待君谈。

夜降吉隆坡

乘风今夜掠银河，脚底长翻潋滟波。
俯望不知身所在，星光上下一般多。

沙巴留台同学会宴余于亚庇市帝苑酒楼，诗以酬之

帝苑今朝晤面初，三生石上不模糊。
雨声欲到休张乐，诗句能餐莫费厨。
君道亲情来宝岛，我知春色改神都。
何时日月潭中水，谈笑清茶沏一壶。

游沙巴国家公园

空山驾车远，雨后更晴晖。
人语回声大，花开落影肥。
蕉林扇日冷，蝶翅带风威。
猛听人猿啸，云烟起四围。

沁园春·神山晨望 并序

　　沙巴神山，当地人咸以为山高有神，故称。又中国早期移民男子与当地女子婚后，回国难返，女子遂成寡妇，故又称中国寡妇山。有感赋此。

　　一夜风寒，一夜松声，坐待晓钟。效少陵望岳，必观神秀；青莲骑鹿，欲访仙踪。密密层林，彤彤旭日，拥出冲天碧玉峰。惊呼处，看千岩藏纳，万象收容。　　当年渡海飘蓬，怅异地夫妻哀怨浓。想归帆游子，愁凝去路；断肠嫠妇，泪咽征鸿。斗转星移，南来北往，白发婆婆白发翁。今朝事，更心牵欧亚，情贯西东。

亚庇观土人歌舞颇类云贵者，感赋

歌舞千秋似水流，此疆彼界费空谋。
平民哪管谁当政，但问相师不问仇。

飞机上望山打根市

红日如球欲下投，绿波涌出小城幽。
森林翠接大洋碧，伸向蓝天无尽头。

水调歌头·山打根入森林人猿中心

撩起倾头绿，寻迹访人猿。遥沿空谷溪水，日出净云烟。原始森林深处，身倚参天铁木，肃静待机缘。三五呼群至，跳跃聚晨餐。　　与人类，同远祖，笑相攀：诸君自在生计，可否与陈言。我有诗词千首，惯写白云苍狗，馈送不须钱。啸傲一挥手，从此两茫然。

山打根普济寺望海

老僧不许发诗狂，稳步登高接上苍。
远岛雨呈新面目，巨轮旗换旧帆樯。
空传梵呗回波久，山映袈裟落叶凉。
但得心平似今日，海天处处是慈航。

三圣宫感怀 并序

宫祀天后、孔丘、关羽，光绪年间建。右为广东会馆。渡洋华人必至此一拜，或求援助云。

三圣南来聚一方，百年回首看沧桑。
帆张期冀云天远，船压风波海路长。
此地虽能舒困饿，当时不忍话悲凉。
深情我问宫前树，曾见几人归故乡？

山打根包公祠

像塑大洋外，华侨祭拜稠。
廉明传万里，俎豆祀千秋。
百姓舌如剑，四时光似流。
北邙山下骨，谁问旧王侯。

登山打根升旗山

吹落夕阳风远移，最高峰上醉敲诗。
山藤不放人归去，留看繁星满海时。

亚庇黄玉奎吟兄苦吟斋题流星雨图片

天公教我刹时忙，今夜能争日月光。
但向人间明一瞬，粉身粹骨又何妨。

亚庇黄玉奎吟兄浮光掠影楼看雨

开窗图画问何如，云影高天布雨初。
洒落平湖三万字，清风抹去再重书。

沙巴地近赤道日照无影，戏作

白日青天任鉴临，我无黑影暗藏身。
御风纵到神州外，也是堂堂正正人。

亚庇海滨作

长松撑伞满晴滩，土调洋腔杂笑谈。
黄发女郎初上岸，双眸收得海蓝蓝。

亚庇观弄潮者感赋

灵巧扳帆轻似鸥，时从浪底又潮头。
直腰强项倘如我，哪会随波逐水流。

黄玉奎吟兄驾车之斗亚兰途中作

何须艳说入桃源，放纵诗情谈笑间。
云影飘飘风细细，棕林荡荡路弯弯。
上穷碧落下连草，左傍清溪右靠山。
不用前村沽酒醉，夕阳抹彩已酡颜。

西江月·斗亚兰望海书所见

隐约云霞孤岛，朦胧脂粉妆台。清波如镜海天开，能诱嫦娥下界。　　招手遥闻嬉笑，凝眸正费疑猜。果然美女驾帆来，却是西洋老外。

沙巴诗词讲演后示诸吟友

南洋万里盛情邀，又带粗豪到碧霄。
蕉叶待诗风淡淡，椰林吐韵雨潇潇。
已将炼铁千锤锻，但可添柴一把烧。
回看天山我归去，耳边日日响新潮。

与黄玉奎诗兄同游曼奴干岛

海疆如洗接青天，鱼鸟相亲去复还。
白日光飞逐轻舰，碧涛声拥带遥山。
情思已到孤云外，诗句难藏彩石间。
说与来潮且停步，沙滩指画不容删。

南中国海濯足

过海书生第九仙，沧浪不浊影悬悬。
敢称脚大神州小，长瞰云低落日圆。
曾母暗沙依北斗，马来西亚共南天。
诗家相望无风雨，同引清波入砚田。

仙本那路上书所见

小楼板造隐椰林，几树扶桑遮路深。
斜照人归蕉雨后，海风吹绿撼山吟。

斗　湖

斗湖城小海湾湾，无雨无风十里滩。
树静花闲鸟轻语，残阳如血压银澜。

定风波·见南越王墓葬品感赋

玉裹皮囊膳食香，戈矛环卫乐笙簧。妃妾生前连死后，无够，土埋石掩再深藏。　掘地曝光成一瞬，应信，人间正道是沧桑。借问今朝贪敛者，难惹，权威可比旧君王？

重游越秀公园

廿年回首海生桑，犹识雄姿五石羊。
人去花开本常事，重来不是旧刘郎。

别马来西亚归西域

蓝天直上别南洋，绿岛清波望莽苍。
十里蕉风吹梦淡，半襟椰雨润诗凉。
友情满载机翼重，韵调广铺云路长。
一翅阳关家渐近，松声雪影唤归航。

1999 年

克孜尔水库

西指龟兹路，大堤横巨垣。
高收千岭峻，远纳五河喧。
铁闸开清浪，石渠穿碧原。
登临回望处，杨柳正风翻。

克孜尔水库游艇上作

驱艇云天外，排山破碧痕。
清波涵日月，大坝列乾坤。
欢语喧林末，豪吟起石根。
明朝归去路，染绿过千村。

重游克孜尔千佛洞

天山风色起茫茫，车出龟兹碾夕阳。
遮路胡杨盘地古，牵衣沙枣透天香。
窟中般若声犹润，壁上琵琶指未凉。
一水横陈流日夜，万千思绪逐波长。

重游千泪泉

沙枣花香野荻寒，独行幽径感千千。
伤心三十年前泪，今日和流入此泉。

过达坂城见马兰花作

情豪不惯小篱笆，西过天山弄晚霞。
借得清风蓝似染，远随奔马向天涯。

电话闻小女剑歌被中山大学录取为研究生，赋此寄之

坠地当天叫剑歌，本来指望出蜂窝。
可怜斗室睡眠少，也赖老妈巴掌多。
大款居然喜算命，高官未必尽登科。
还须学问照常做，咱管人家干甚么！

过荒漠

载梦孤车国道平，目开千里寂无声。
晴空一阵苍凉雨，便见梭梭拔地生。

火烧山

天风莽荡送斜曛，犹有寒山迥出群。
遍体自烧犹未尽，下烧红柳上烧云。

沿额尔齐斯河

拘束城垣久，今朝可放歌。
紫雕盘大漠，红日逐长波。
晴雪峰头远，雄风马背多。
行行尽诗句，不必费长哦。

游哈巴河白桦林

小城西去踏朝晖，风下林梢着意吹。
处处清波休净面，任教浓绿染须眉。

过阿尔泰山

幸喜今朝晤面真，粗豪如我两难分。
马蹄碧野追红日，鹰翅蓝天啸白云。
万岭松涛交响乐，一河雪浪远征军。
驱车莫谓行程苦，前有穹庐待小醺。

登哈巴河鸣沙山

指下诗章写满坡，蓝天赐我夕阳多。
黄芦一阵边风起，吹送豪情过界河。

白哈巴村小驻

崎岖山路尽，木屋自成群。
岭上披晴雪，松间泻野云。
奶茶新碗溢，羊肉大炉焚。
呼酒不辞醉，酡颜对夕曛。

过那仁夏牧场

天似穹庐笼四围，轻车直逐白云飞。
松间清露滴如雨，万紫千红百草肥。

西江月·宿喀纳斯河畔

一片板桥残月，几堆鄂博轻幡。满河雪浪梦中寒，知是华年去远。　　不叹天涯老大，长留情性痴顽。松涛倾绿响千山，似把霜丝暗染。

游喀纳斯湖

瀑流导我过层峦，真个投身大自然。
白雪千山融碧浪，苍松两岸入青天。
牧歌初歇斜阳静，人语长闻野径悬。
气力攀援休用尽，穹庐拇战待挥拳。

贺新郎·己卯夏与研究生同登喀纳斯湖观鱼台

日出林岚薄。见人来，野苞弹露，猛开红萼。
华鬓簪花还自笑，算把风光偷掠。指险峻、犹能
一搏。终究昂头青天外，看白云来去无依托。伸
巨掌，眼前捉。　　一言听我非谐谑：必今生，
行程万里，胸装丘壑。喀纳斯湖无污染，应是开
怀频酌。收拾起，冰峰咀嚼。再用清风勤沐浴，
定形骸轻捷心神扩。会此意，出佳作。

沿喀纳斯河

朝辞木屋过新桥，昨夜酒香犹未消。
沉静两山开碧落，奔忙一水送金雕。
穹庐帘启青苍入，花草风来赤白摇。
更把吟鞭云外指，雪峰托日远如烧。

宿阿勒泰

克兰河水梦中遥，枕上无端涨晚潮。
夜半披衣窗外望，幽情冷月两萧萧。

阿勒泰桦林公园寻诗

清风林叶助吟哦，引得诗情起碧波。
颇奈金雕翻健影，尽衔佳句剩无多。

西江月·浴乌伦古湖

目送红霞百里，手推碧浪千层。冰峰吹下晚风轻，思绪尽倾无剩。　　我本身心无垢，但来一洗痴情。沙滩回首看经行，已被清波抹净。

打鼾自嘲

豪气储胸力万钧，南柯梦里显精神。
平生功业君休笑，也是惊天动地人。

过魔鬼城

冷雨热风经此城，登高四顾一身轻。

怒吞落日地将裂，狂扯飞云天欲倾。

万里黄沙散复聚，千年白草死还生。

纵然西去再西去，不羡江南莺燕声。

己卯夏登冰达坂望一号冰川

万紫千红脚下抛，空山一啸破幽寥。

苍崖奇耸蓝天落，白雪长凝赤日消。

石裂有声频入耳，风来无影久缠腰。

高寒不识青云路，但摄冰魂寄梦遥。

己卯冬与内子陪家姊为先严慈上坟

纵将清泪奠千卮，歧路黄泉安可知。

风冷荒村烧炕暖，路弯小市倚门迟。

省灯油作读书照，减口食添开学资。

长跪孤坟天幕下，茫茫雪野日西移。

2000 年

内子文宇心手术出院后戏作

每逢公仆便心寒，借款求人事事难。
晓得阎君求耳静，不留婆子说辛酸。

庚辰秋重游水磨沟

几回黄叶拍吟肩，暂歇劳形入自然。
水磨曾教流白雪，石泉依旧鼓青烟。
长牵瀚海胡杨路，远借冰锋夕照天。
料得游人归去后，林间鸟语乱争先。

初戴老花镜自嘲

高悬明镜我惊呼，字里行间辨有无。
世事岂能浑到此，用真眼看便糊涂？

堆雪人

老夫聊发少年狂，扫雪堆人一阵忙。
拍手儿童言似我，实心冷面缺回肠。

2001 年

辛巳新正自悟戏笔

五十三年一回首，此身长似被牵猴。
人哀莫过心不死，最苦当推情尚留。
日月醉流人亦醉，圣贤愁尽我何愁？
非天亡我战之罪，羞向江东陈事由。

天山下新迁高层顶楼作

又有安身地，还将旧调弹。
只因家具少，方显客厅宽。
丽日投窗近，冰峰入户寒。
鼾声通帝座，任我梦邯郸。

与新疆诗词学会同仁由沙漠公路之和田

迷濛千里费疑猜，我啸长烟一道开。
车过雷鸣驱死寂，风催日落溅沉埃。
路铺紫带云外去，沙泻黄河天上来。
南指昆仑雪峰在，豪吟大漠骋狂才。

辛巳清明为先严慈扫墓，携回坟上河卵石数枚，置之书房案头，有感赋此

郊原泪洒白云高，怀石胸翻万顷涛。
但守坚心留稳健，已磨芒角去粗豪。
持家有愧三生恨，报国无成一梦劳。
从此严慈似亲见，终能信口诉牢骚。

过沙漠胡杨林

飞沙起处任颠狂，自耐天涯四月凉。
就简删繁也如我，苦撑诗骨向苍苍。

过沙漠公路

今日有劳方向盘，迷濛划破指和田。
远沙风里推千浪，大路空中挂一弦。
喇叭鸣时冲碧落，日球坠处溅黄烟。
昆仑山下良朋待，夜煮冰川火正燃。

谒王蔚墓

于阗古国稻香盈，绿到昆仑第几层？
只为一生掏赤胆，便教千水舞青绫。
情操今日夸王蔚，魂魄前身即李冰。
父老心声何处觅，颂歌都在半空凝。

溯喀拉喀什河

南指昆仑下，驱车入浩茫。
千田披碧绿，一水破玄黄。
山影牛羊远，风声草木香。
乡情巴札里，笑语话康庄。

参观乌鲁瓦提水利枢纽工程

亲见今朝人胜天，坝垣高筑绿畴牵。
四围峻岭刺天破，百里平湖拔地悬。
乌鲁瓦提收乱水，玉龙喀什汇和田。
长风流韵无遮处，我在昆仑最上边。

昆仑山中拾得五彩石数枚，感赋

深埋无语不知年，剖腹昆仑现大观。
今日苍天何用补，依然西北伴山寒。

合掌峰

雁荡惊初见，风光大半分。
接天筹好雨，裂罅纳斜曛。
曾被吟诗忌，终当礼佛勤。
何时开巨掌，千里放烟云。

雁荡灵峰观音洞香火甚盛，求签者亦夥。某女大学生求签得下下，沮丧之极，求余解之。余笑谓："此签归我，灾难降我，尔可无虞矣。"彼笑而去。感赋

读书历事老来多，生死无须问佛陀。
一向铁躯能受难，再加数难又如何？

雁荡山寻将军洞

山神枉使白云封，沿水寻幽到碧空。
我作将军奋文战，长松待命啸清风。

雁荡山天柱峰

峻骨清奇不可攀，花花草草已全删。
人间多少擎天柱，却在大荒山里山。

雁荡山溯小龙湫源

荒山四望尽蒿莱，滴沥阴崖究可哀。
堪笑游人不知底，欢呼白练自天来。

雁荡山观大龙湫

欲看星河须仰头，天波无语自千秋。
人间略现花花样，不耐清寒便下流。

剪刀峰

小试锋芒刃两分，阴沉剪破落纷纷。
为教雁荡晴阳照，不剩长天一片云。

雁荡山观三折瀑

一波三折接乾坤，倾泪山灵自万春。
忽悟人生还一笑，此身已是过来人。

游雁荡山

桃源路不到邯郸，如画如诗可尽观。
山骨影清双袖满，松涛声远一身寒。
云中僧语轻轻落，石上泉珠淡淡弹。
东望沧溟回首处，海风来送夕阳残。

过溪口三十六湾花木村

难得长天雨后青，红枫黄竹碧山擎。
诗材满目未梳理，我与清风试一争。

徐凫岩寻瀑布落地处感赋

游人原在碧云窝，下望晴雷溅雪多。
寻得瀑流飞落处，方知头顶是银河。

雪窦山千丈岩观瀑

高下悬殊更折腾，人间便有不平鸣。
瀑流怒向悬崖落，赢得千秋玉碎声。

望雪窦寺

此地送青眼，千峰不染埃。
楼台依岭筑，松竹向天栽。
鸟过烟云起，僧归风雨来。
欲听弥勒偈，钟响寺门开。

登天台山华顶

力战千峰已解围，登临一笑对斜晖。
瀑流泻雪贴天漏，鸟语成歌掠涧飞。
水曲山深箫寺远，松高竹瘦杜鹃肥。
当年刘阮恋风景，谎说仙姬不放归。

蒋母墓

十里青山月夜魂，年年草木自逢春。
令郎当日兵争者，却是今朝祭扫人。

玉泰盐铺蒋介石出生地

洗儿恐是用吴盐，岂料台湾渡白帆。
海峡碧波三百里，长遗滋味至今咸。

西江月·天台山华顶观云锦杜鹃，拟共语

叶耀九天风露，花收五月烟云。满山松竹共清芬，飞鸟播扬神韵。　　不必多情开眼，何须俗客销魂。诗人今日下昆仑，一见此生无恨。

过小铜壶瀑布

偶坐丹崖便去愁，轻雷响处壮千秋。
苍天赐我一壶酒，饱看青山醉不休。

天台山溯金溪

云山此去万千重，前路探寻费竹筇。
方广寺僧知我在，远教流水送清钟。

与新世纪天台山唐诗之路诗词笔会诸诗友观石梁飞瀑

开胸借此润诗情，石破天惊万丈倾。
一涧流云翻瀑布，半空飞雪变雷声。
阻人鳌背横朱槛，降我峰腰挂白旌。
传语诸君齐努力，快登绝顶斗心兵。

国清寺观隋梅

已尽芳菲四月时，隔年不耐待花期。
天山我带千峰雪，点缀老梅无丑枝。

游国清寺赠僧人

一入山门后，悠然远世纷。
钟鸣天逗雨，花落地生云。
寺影五峰纳，经声双涧分。
浮生闲半日，共此守心君。

与凌朝祥先生雨中登赤城山

丹崖绿树荡僧钟，雨洗天阶石路通。
尘世茫茫多少事，白云一抹望中空。

与黄玉奎吟兄九遮山中论诗

雨后空山阵阵苍，论诗对景趁斜阳。
言情争似九遮曲，体味须如一水长。
眼饱云霞能补拙，句沾花木便凝香。
笑谈不煮青梅酒，无语闲僧伴客凉。

过明岩一线天怀寒山子

长隐深居七十年，明岩虽险意悠然。
高僧今日人间去，到处都成一线天。

入九华山

为赏九华景，先酹酒一樽。
好峰开醉眼，幽径曳诗魂。
花落僧归寺，鸡鸣水绕村。
商量与飞鸟，导我到山门。

九华山夜投祇园寺

风敲月下门，香烛尚残焚。
只恐惊星落，钟声寂不闻。

登九华山天台正顶

大款高官走一遭，俗人我也赶时髦。
松涛雄健峰长静，僧语清凉泉自高。
摄影风前欣入画，割云山顶恨无刀。
胸储佳景敢夸口，归去红尘称富豪。

下九华山

多谢清风送，长歌杖作朋。
奇峰骚客笔，残日暮天灯。
举目皆成画，逢人半是僧。
石桥方歇步，钟磬落云层。

九华山出百岁宫竹林逢僧

月下相逢合掌频，清奇风竹见精神。
寺中五百阿罗汉，恐是今宵少一人。

谒李白墓

拜谒坟前起慨慷，羞将荣辱入行囊。
长空蓄意云霞满，胜地倾心草木香。
君去醉醒由酒趣，我来哭笑为诗狂。
天山高照今宵月，引得吟魂过大荒。

登太白楼

欲访名山无白鹿，且临采石拜青莲。
连波树色庭前漾，撼日涛声槛外悬。
不是大唐廊庙器，方成后世往来缘。
长江尽作诗仙酒，醉透三吴首夏天。

登采石矶燃犀亭

当时魔怪起人间，犀角何须照水燃。
我有胸烧千丈火，赤霞一吐满西天。

参加全国第十四届中华诗词研讨会，开幕前游古逍遥津，观张辽塑像作

奇兵出处势峨峨，闻道将军少胜多。
我倚天山来会战，诗坛一样奋长戈。

捉月台远眺

采石矶头捉月台，今朝青眼对天开。
南州山水皆东向，西域风云自北来。
吟啸谪仙人不识，登临醉客我何哀。
心潮已逐长江远，流到沧溟散九垓。

水调歌头·合肥谒包公祠

西域不辞远，万里拜包公。天山五月飞雪，凛凛与君同。来往廉泉台畔，留恋流芳亭上，处处尽清风。环望四围水，直欲洗苍穹。　　百姓口，史家笔，总难封。蝇营狗苟人物，也坐大堂中。且看官场当日，每对愚氓呼喊，未必耳皆聋。纵摆龙头铡，不是旧时铜。

包公墓道瞻其遗骨图片

明灭寒灯墓道幽，何曾人世惧王侯。
今朝亲见阎罗老，都是铮铮硬骨头。

包公墓棺前，游客多有掷钱者，戏作

恐是阴间如世间，带些物事免麻缠。
休官但有清风袖，游客尚余香火钱。
马面牛头多索贿，神眉鬼眼敢瞒天。
莫言百姓愚憨甚，经验人生看目前。

登清风阁先阴后晴

长淮望断大江横，我奋长吟鸟奋翎。
只为包公坟在下，浮云远去见天青。

游金山寺遇暴雨后晴

早有情怀储一腔，试登绝顶倚松窗。
碧峰拔地擎孤寺，白雨瞒天过大江。
既把艰难播西域，岂将牢落掷南邦。
夕阳又卧遥岑外，仍与茶僧对影双。

饮中泠泉

江边雨过夕阳残，来试中泠第一泉。
映入须眉泉饮我，掬泉我更饮云天。

雨夜宿北固山下

江水不知征客劳，哓哓一夜诉牢骚。
床头欲数心头事，风雨声中觉浪高。

永遇乐·晨登北固亭，步稼轩韵

心向雄奇，天涯行遍，今在何处？北固山前，
南徐城外，目送长江去。一轮红日，千层白浪，
商略巨浸同住。晓风吹、群峰碧透，直如卧龙飞
虎。　　囊锥露颖，这般时代，何必茅庐三顾。
楚尾吴头，淮南江北，都是康庄路。不须嗟叹，
不须疑忌，励我涛声如鼓。抒襟抱，重挥大笔，
稼轩醒否？

甘露寺闻刘备招亲事，戏作

当日招亲姑妄听，刘郎此地费风情。
温柔富贵如长在，江水西流白帝城。

坐焦山壮观亭

浮玉江中十里青，狂涛四面起雷霆。
为使心头风浪静，游人莫到壮观亭。

访北庭故址

四望苍凉晚日晴，残垣想见旧威灵。
钟声无奈沉西寺，雄气依然起北庭。
旷宇风来云渐淡，远村雨洗草犹腥。
天山不管人间事，融雪年年大漠青。

寻他地古道，宿天山大龙沟口

有劳终日马蹄行，杯酒遥酬万古情。
巨石排空天地哨，长松摇影汉唐兵。
风催峡水流无状，星坠冰峰裂有声。
夜静难教思绪减，穹庐帘外坐平明。

宿天山绿野山庄

霞远随鹰翅，穹庐归万蹄。
雪峰撑月小，云汉落星低。
心境静如夜，游朋醉似泥。
流泉洗残梦，清淡润诗题。

昌吉野外葬贤甥蒙弢，二十九岁

苍苍许我放悲声，一奋何须便折翎？
秋水乘风魂旷荡，雪山托体梦伶俜。
浓眉彩照纵长见，贫嘴斑衣难再听。
剩有坟前荒草地，年年白发泪浇青。

沁园春·访儋州东坡书院

揖别天山，抖落黄沙，来访大苏。正蓝天丽日，椰林高挺；山青水碧，蕉叶长舒。载酒堂前，东坡井畔，仰对苍苍试一呼。君真健，在边州荒邑，另辟新途。　　收回春梦当初，与父老田间共画图。看佳儿良友，同施教化；烟蓑雨笠，自是村夫。恩怨风吹，时光有限，不使余生笔砚芜。君知否，倘阳关西望，我也教书。

游儋州松涛水库，泊舟古榕树下得句

老木垂须挽客舟，能餐秀色又何求？
楸枰谁与弈千岛，花影天教落一头。
鹭起松摇峰外日，风来云走水中秋。
人生未必无悲感，只是江山不许愁。

游三亚天涯海角

此生历尽是天涯，西域雪飞南海霞。
拔地石桴敲碧落，裂崖怒浪拨琵琶。
邀来新雨洗心净，挥走闲云透日斜。
但得胸怀清旷甚，行行到处可安家。

三亚与熊东遨吟兄同住一室，夜间鼾声如雷，晨起戏赠

天涯逐梦远陪君，隐隐雷声韵味新。
一夜长闻犹恨少，今生羡煞嫂夫人。

登鹿回头远眺

眼前不忍海横流，长啸声遥下晚秋。
千古江山皆北向，鹿回头处我回头。

由三亚之海口路上作

南岛三秋一色青，芭蕉叶大暗凉生。
荒山风起开天韵，大海波翻裂地声。
时雨时晴由世幻，路平路险总前程。
东坡归去千年后，犹有劳人事远征。

谒海口五公祠感赋

风雨人生渡一帆，长流正气水蓝蓝。
三唐两宋官如蚁，几个扬名到海南？

题海瑞墓不染池

椰风高扫满天青，花木成围镜面平。
官有贪赃休照影，莫教污染一池清。

2002 年

小女剑歌就读中山大学本科连研究生凡七年矣，值其二十五岁生日，赋此寄之

平安二字得来难，百姓不期成圣贤。
塞北千山遮二老，岭南四载接三年。
读书有兴凭天趣，作恶无能是血缘。
莫道归来逢盛夏，咱家紧靠种瓜田。

壬午清明为先严慈扫墓遇暴风雪

清明东望玉门关，祭扫天涯又一年。
无语孤碑荒草拱，翻泥旷野乱山牵。
冷风荡荡流悲啸，大雪纷纷化纸钱。
步步回头挥泪去，前程后路两茫然。

雨中谒张仲景墓

情通天地雨潇潇，唤起前贤济世劳。
共为官场心肺烂，先生下药我挥毫。

雨后游南阳武侯祠放言

半日南阳酒一壶，我来依旧放粗疏。

松声新雨同飘落，云影清风任卷舒。

先主纵无多访谒，孔明未必久耕锄。

笑看骚客留榴墨，块垒能消借草庐。

水龙吟·与天台友人游武当山，雨中往月中归

为酬万里诗缘，今朝携手冲霄唱。眼眸披散，心胸拓展，形骸放浪。一路柔云，一山新雨，一泉佳酿。使深情翻滚，层崖醉透，笙箫起，林波漾。　　共把经年梦幻，伴清风、往来升降。天台迷漫，天山荒远，武当幽畅。美景如君，神仙是我，何须北望。愿嫦娥长舞，冰轮长满，照山河壮。

武当山金顶望云感赋

远飘虚幻压红尘，平割乾坤上下分。

老去书生奸猾甚，倚岩不肯踏青云。

雨中下武当山

茅店停茶过竹林，清凉诗句润衣襟。
高天不吝千山雨，野涧偏弹一路琴。
轻薄云烟休拂面，孤危峦嶂最知心。
前途何必晴阳照，稳步平川自可寻。

重游襄阳古隆中先雨后晴

生涯我在玉关西，再拜草庐无所祈。
风雨当年劳羽扇，山川此处隐兵机。
两朝西蜀留残汉，千里南阳累布衣。
长啸一声归去也，夕晖满地落花稀。

雨中登荆州城，有标志曰王粲楼遗址于此，感赋

平生如我不依刘，北去南来休更休。
纵有闲愁千万斛，也经雨洗入江流。

雨中与友人坐江陵碑苑

收来竹影一墙青，小坐茶廊对旧朋。
天酿乌云雨泼墨，待君挥笔写江陵。

游荆州开元观

风诵经声雨打钟，道人闭户总难逢。
荆州我到开元观，心压长江浪万重。

水调歌头·雨中重登岳阳楼

抖落玉关雪，万里又重来。星河一改悭吝，珠斗泻尘埃。幸有君山压浪，休使洞庭狂放，美景尽铺排。独立无人到，天地似萧斋。　能谈笑，未衰老，不痴呆。十年反覆云雨，莫去挂心怀。向少范公毫健，更乏纯阳手段，学杜缺诗材。长在画图里，今世究何哀。

过小乔墓

洞庭波涌雨茫茫，一缕芳魂绕岳阳。
墓草摇风鸣竹树，逢人似是说周郎。

雨中重游君山

风雨萧萧斑竹青，君山重到唤湘灵。
今朝多少相思泪，散落高天满洞庭。

陪丁芒诸公游周郎赤壁口占

休将侥幸说周郎，今日英雄起四方。
赤壁矶头同一笑，东风吹绿遍湖湘。

永遇乐·游周郎赤壁

披雪西来，顺江东下，风送斜照。赤壁千寻，青天四落，人在矶头笑。排空激浪，绣地新禾，一幅画图初稿。且回眸、凭高试问，曾经几度纷扰。　　周郎去矣，功成名遂，三国空留虚号。军马何辜，模糊血肉，但使鱼龙饱。世间多变，而今时代，真个环球小小。我华夏、英雄辈出，莫谈旧套。

赤壁凤雏庵

谁个来游信史书，是非身后任糊涂。
自从演义连环计，到处人间说凤雏。

赤壁酒肆与凌朝祥先生对饮

星斗敲杯月正高，耳边长涌大江潮。
兴来蘸酒涂诗句，醉说当年备与操。

与全国第十六届中华诗词研讨会
众诗友雨中乘舟同游陆水湖诸岛

骚坛盛事聚澄湖，我立船头试一呼。
风走豪情传四海，云飞浓墨下三吴。
洗清石路何须扫，灌醉松林不用扶。
休道诗人财贿少，高天倾落尽珍珠。

陆水湖水浒城与山左乡党书法家
马萧萧先生合影后，戏作

入伙梁山正此时，迎风遥见杏黄旗。
容身若要投名状，君有毛锥我有诗。

赤壁出玄素洞

踏开封口白云稠，竹海清溪傍路流。
似有吟声留洞壁，教人屡屡又回头。

赤壁雨后竹林

散尽烟云净地天，竹梢依旧百重泉。
此君真是敲诗者，不放行人总拍肩。

奇台将军戈壁有硅化木群，皆长数丈, 粗数十围, 洵奇物也。过而见之，赋此寄意

万里荒原一梦长，炎凉风雨付沧桑。
当年倘是精神死，安可今朝见栋梁。

奇台行将军戈壁，先晴后雨

车载遒荒梦，悠悠总不休。
苍天垂四野，红柳自千秋。
日落留余韵，云飞起暮愁。
萧骚拦路雨，清冷到心头。

青河寻三道海子不果

闻道藏深秘，冰峰试一攀。
黑松摇日落，白草送风还。
眼福不能饱，诗狂岂可删。
云中悬瀑响，知有更高山。

宿青河查干郭楞，无寐，踏月赋此

星斗巡檐月远明，情怀暗向小河倾。
雪山影淡风吹树，遥听穹庐犬一声。

中蒙边界塔克什肯登瞭望塔

布尔根河远启扉，青山一字作门楣。
清风也晓睦邻好，北往南来自在吹。

布尔根河边痛饮，醉后作

雪峰四面是谁栽，俯首无言直费猜。
何必穹庐愁酒尽，帘掀即放大河来。

泛舟布伦托海

上下晴光共雪山，鹰衔云影逐轻船。
人间颠倒寻常事，彼在清波我在天。

过乌伦古湖祭鄂博

黑石高堆舞彩旌，夕阳垂地起边声。
荒原我洒一杯酒，中有千秋浩荡情。

过和布克赛尔草原

乾坤抹色只蓝青，我向蓝青尽处行。
毡帐白烟红日远，奶茶香味阻征程。

察布查尔草原逢牧人

烦忧都付西风烈，百载沧桑才一瞥。
鞭指乱云飞渡时，银须已染天山雪。

夜雨宿西天山白石峰下

云囊收去满天星，尽把粗豪放胆行。
莫与牛羊同入梦，但知天地可通情。
三间板屋依崖壁，一夜松涛伴雨声。
料得明朝溪涧水，出山又作不平鸣。

再过荒漠

葡萄新酿酒，一饮便忘形。
柽柳红欲紫，高天蓝更青。
心情瞻马首，诗句挂鹰翎。
岂料狂歌后，秋风亦自停。

骆驼刺

根穿大漠向天争，每借逆风抒性灵。
寂寞千年堪自慰，老来依旧楞头青。

沿布尔津河赋向日葵

满河雪浪报秋声，百里衰葵伴客程。
已把青春交待了，今朝无力向阳倾。

过阿尔泰山寄友人

铺梦烟云落眼前，唤回春雨夜吟缘。
思君恰似盘山路，百里柔肠到顶巅。

过阿尔泰山遇雨后晴

山中一阵雨，秋色欲平分。
逢涧皆腾水，无松不挂云。
板桥留野爪，天马载余曛。
何处牧歌起，清风送耳闻。

沁园春·重登喀纳斯湖观鱼亭

塞外新秋，我又重来，笑倚雪山。正冰峰直上，青天湛湛；瀑流倾下，白浪悬悬。荒草拦腰，闲云遮路，不放游人再溯源。回眸处，瞰松林毡帐，犬吠雕盘。　　区区恩怨如烟，更远拓诗疆随牧鞭。想挥风送韵，江河联句；行杯对日，泰华张筵。两宋苏辛，三唐李杜，振羽谁曾至此间？微吟罢，但凭高酹酒，总觉清寒。

喀纳斯湖边小坐

雪峰泻水洗南天，此处停征聚一湾。
可惜平湖倒映画，出山不见挂人间。

宿喀纳斯河旁

步出穹庐百草香，深山雨后正新凉。
大河伴我无眠夜，雪浪长翻送月光。

西江月·喀纳斯湖听潮尔笛 并序

图瓦部落人有笛曰潮尔，以洪布鲁斯草为之，长尺余，三孔。
由牙腮之间出音，悠扬雄放，有草原声。依尔德西老人擅此，已
绝传矣。

短笛风低荒草，大杯酒映新秋。牛羊下矣夕
阳收，犹剩雪峰清瘦。 吹走金戈铁马，唤来
铁桶金瓯。草原图瓦竞风流，赢得山河同寿。

过喀纳斯湖神仙湾

雪峰数架锁残阳，一道清波万木苍。
惊我神仙咳且笑，原来风起撼山狂。

送小女剑歌赴美攻读博士学位

耐得青灯瘦骨磨，等身考卷又如何？
但经欧美蓝天远，休问爹妈白发多。
一口洋腔能混饭，五洲大地可安窝。
近时体重增加了，电话详谈告外婆。

盘锦参观辽河碑林

润砚长河不尽流，蓝天一洗净无愁。
芦花都作羊毫笔，正写辽东万里秋。

盘锦芦苇荡

秋风送日海波衔，百里芦花舞正酣。
我有诗情言不得，心随白鹤醉天蓝。

盛京皇太极昭陵

生前未及见燕京，剑指榆关欠一登。
乔木高撑云影散，夕阳遥挂雁声凝。
儿孙皇位皆无恙，兄弟雄才各有能。
岁岁煤山槐叶落，风吹千里到昭陵。

沈阳怪坡感赋

颠倒高低怪事多，世间何止此山坡。
我来一见须缄口，且听人家说什么。

九一八博物馆残历碑前作

白山黑水起悲歌，残历碑高血泪多。
寄语秋风莫翻去，昭昭日月永相磨。

沈阳赵一荻故居

两岸能无渡海船，小楼空对奈何天。
春花谢后秋花落，南望归人又一年。

沈阳游故宫感赋

我经西域又幽燕，一入宫门感万千。
晴日雄心悬北国，秋风远略扫南天。
八旗曾映云霞外，二帝犹临殿阁前。
倘是榆关人未过，今朝不见版图全。

沈阳游努尔哈赤福陵

山留残照送归鸿，七大恨听嘹唳中。
百万精兵窥冀北，十三遗甲卷辽东。
悲风旷野倾雄气，新月凉天挂大弓。
定鼎燕京谁是主，溥仪犹见太阳红。

哈尔滨游东北虎林园感赋

一自山林离老窝，兴风狂啸尽消磨。
人间多少假威者，应共城狐洒泪多。

西江月·哈尔滨游太阳岛冰雪艺术馆痴语

剔透仙姬栩栩，晶莹殿阁高高。夏衣脱却裹
棉袍，不负冰雕精妙。　　公仆善于翻脸，文豪
学会弯腰。炎凉已是满城郊，何苦人工再造。

西江月·哈尔滨太阳岛与马来西亚黄玉奎吟兄对饮，赋此劝酒

红叶醉飘狂态，黄花悄说新寒。太阳岛下水
如天，碧透松花江岸。　　晓得君家赤道，长循
盛夏年年。满杯秋色饮何难，归路凉风不散。

参观伪满皇宫博物院为溥仪作

呱呱当日可怜人，无骨皮囊用处频。
天地戏台充傀儡，幽燕公墓葬平民。
树前尚欠崇祯勇，梦里终输李煜真。
宝座三登准作主，大清遗臭满长春。

壬午中秋夜，与马来西亚黄玉奎吟兄共食一枚月饼于鞍山旅舍

西域南洋路几千，辽东杯酒续前缘。
切开明月君休惜，从此平分上下弦。

由天上天景区下千山

青天不留客，归去好长吟。
小路铺红叶，轻风导彩禽。
峰回步韵险，云起悟禅深。
偶遇闲僧坐，听泉洗古今。

千山龙泉寺与和尚争口，戏作

舌锋直似握龙泉，硬语盘空不让贤。
应喜深山我来后，惊醒睡佛是前缘。

大连老虎滩群虎雕像，其首向海，作奔走状，戏作

扬威群虎向沧溟，狂啸秋风已忘形。
停步此时犹在岸，回头仍是故山青。

旅顺口登二〇三高地

苦战当年说日俄，烟尘飞压海凝波。
将军成败皆遗臭，落叶西风鬼唱歌。

大连星海广场

百年岂忍更回头，为颂时平暂一游。
山色西来秋日下，海波南去夜灯流。
情人笑语声长荡，儿女狂奔娇不收。
说与扶桑观览客，山川已葬旧时仇。

大连棒锤岛有铜塑老翁于棋盘一侧，余作对弈状与之合影

铜头深算智谋凝，残局细看难苦撑。
海作棋枰星作子，与君今夜定输赢。

梅尧臣诞生千年纪念寄敬亭山诗词学会

遥望江南引颈长，文坛振作待商量。
萧条衙吏敢抒愤，平淡诗风另辟疆。
天地倘能生李杜，庙堂谁个是欧阳。
他年我步宣城路，借笔前贤写慨慷。

友人函问为吏百日之感，戏答

窗外依然日月高，本无舟楫过惊涛。
办公曲腿时时坐，报表烦心夜夜熬。
见面怕听虚套子，折腰羞对小儿曹。
今宵又是茫茫雪，须把吟杯更握牢。

2003 年

鹧鸪天·二〇〇三年元旦穗城熊东邀吟兄以手机发一词致余，喜甚，恭步原韵奉和

幸结诗词万里缘，手机短信越蓝天。心翻大漠流沙荡，气压天山飞雪寒。　家久住，夕阳边，夜光杯不过阳关。岭南旧雨如相问，未减粗豪似去年。

阮莲芬吟兄归金城，寄天山一律，步韵奉和

玉关东入丽人行，料得皋兰山水迎。
轻卸征途千里雪，重挑诗梦两肩情。
杯中无影宾鸿去，笔下有声天马鸣。
此日知君思绪涌，黄河恨不向西倾。

鹧鸪天·围棋，步熊东邀吟兄原韵奉和

一局求来一世缘，手谈共对奈何天。出头有眼心长静，打劫无材火未燃。　　高树下，小炉边，相争永息鼓填填。棋枰总比人间正，不悔倾情数十年。

为中文系主任未期年即递辞呈感赋

暗惊岁月雪侵丝，每望天山我自知。
强项未弯腰未折，官腔难学性难移。
流泉漱石频呼酒，星斗巡檐好弈棋。
说与老妻归去也，今朝真个是谋私。

沁园春·冬日登惠远钟鼓楼，怀林则徐

东去天山，西去伊河，我眺四方。看夕阳飞彩，青空浩浩；寒雕掠影，白雪茫茫。排布农村，游移群牧，荡荡车流奔小康。回眸处，有前朝遗迹，风柳千行。　　当年此地煌煌，赖无数英才谪大荒。只林公瘦马，远留嘉惠；虎门雄气，长绕边墙。肃立凝思，丹衷难尽，更向川原放一腔。呼君起，把翻新毒祸，烈火烧光。

李修生师主持《全元文》编纂已近尾声，值其七十寿辰，赋此寄怀

十年辛苦不寻常，书页堆成两鬓霜。
未见武功开地远，但搜文献破天荒。
一天星斗灯前淡，千载风云笔下忙。
料得薪传后来者，推波万里水汤汤。

尉犁老胡杨树

老去金风一梦长，蓝天黄叶染秋凉。
熬成遍体胡杨泪，犹向行人说大唐。

尉犁罗布人村寨书所见

人家三五小村庄，一串驼铃下夕阳。
碧眼银须飘拂处，胡杨木火烤鱼香。

过巴音布鲁克草原

百里征途百草香，来倾肺腑放诗狂。
雪山远降千寻发，流水平铺九曲肠。
敲石马蹄冲寂静，破云鹰翅掠苍凉。
清愁都阻穹庐外，一片残阳抹大荒。

经艾肯达坂下天山

经过方知高处寒，危崖远列正当关。
肩头残日随前后，脚下闲云自往还。
马趁秋声开草域，我披雪影到人间。
夜投板屋青灯里，奇景侵襟不忍删。

过巩乃斯沟

滴翠妖娆雨后声，书生向老淡风情。
青山却似当垆女，不醉今宵不放行。

夜过那拉提草原

前路繁星落，直疑河汉翻。
晓风来远树，残月下荒原。
秋草朝天去，清流贴地喧。
吟哦未成句，人报到新源。

昭苏访草原石人

实心尔我喜相逢，何惧云山路万重。
天马远追征雁渺，野花醉染晚霞浓。
风风雨雨开清目，岁岁年年对雪峰。
今日已无争战事，草原好景记从容。

天山见哈萨克打草者，戏赠

扇镰挥起落青云，长啸一声山外闻。
多少人间剃头匠，尽施手段不如君。

重到昭苏圣佑寺

大野生凉满寺流，神鹰识我正迎秋。
重来一笑回身望，盈雪孤峰对白头。

重登格登山

我来又值夕阳红，西界封疆至此终。
翻浪长河闻甲马，流寒峻岭耸英雄。
一碑飞影青天外，两国横秋碧野中。
恐是清庭光绪后，子孙不敢说乾隆。

吴北如吟兄宴秋枫东邀江涛与余
于长春真子狗肉酒家，席间口占

重逢唯有性情真，烹狗任他花样新。
旧雨倘能相对饮，不辞烂醉卧长春。

参观长春一汽大众厂流水作业

整日从无半刻闲，汽车一辆百身牵。
倘来公仆参观罢，应愧品茶拿俸钱。

西江月·游长春伪满皇宫御花园感赋

宫外山河含耻，园中花草蒙羞。君王当日御
袍囚，也似池边弱柳。　　淡淡小溪犹语，匆匆
帝国难留。苏联一去再回头，只有秋风拂袖。

游松花湖，日暮方还

当年课本知丰满，却自儿时到白头。
收网四围鱼跳跃，归林一岛鸟唧啾。
千寻松扫云霞落，百里船移星斗流。
往事已随残日下，何须开闸放清愁。

陪百家诗人咏吉林诸君过寒葱岭

一入寒葱岭，周身绿意侵。
松涛浇晓日，风色透遥岑。
诗句清溪满，心情碧落深。
诸君经过后，山花亦自吟。

贺新郎·与百家诗人咏吉林诸君同登天池感赋

我向关东走。下昆仑、金风远送，来寻吟友。共指初阳长白路，欲览天池神秀。过浩荡松涛急骤。正值新秋书雁字，写心胸万里晴空透。更瀑布，眼前漏。　　登高亲见山喷口。是环球、腹中腾沸，对天长吼。敢怒敢言留千古，侪辈几人能够？凭硬骨、天门屡叩。收起柔情胭脂泪，只良心一颗诗人有。橡笔动，快斟酒！

长白山下

松涛百里壮新秋，逐水诗情石上流。
长白天池犹待我，敢擎杯酒醉金瓯。

游长白山天池，步熊东遨吟兄韵

我走榆关外，挥毫赋壮游。
天低人捧日，风淡树吟秋。
飞瀑连云泻，寒波透石流。
三江从此始，尽可放轻舟。

长白山瀑布

鸣雷不尽伴松涛，高挂雄峰下碧霄。
几度沧桑山尚健，银须千丈带云飘。

长白山小天池

新秋岩下晚风吹，神秘山灵不许窥。
我到池边偷照影，铿然一叶乱须眉。

晨过安图明月湖

驱车新雨后，似入美人窝。
初醒风流草，便来骄横鹅。
千山拱旭日，一坝锁烟波。
我是书呆子，留连不敢多。

延吉熊乐园，取熊之胆汁制药处也，游此感赋

当年豪气已全消，讨好游人双掌摇。
恰似书生亦无胆，逢官便折狗熊腰。

长春留别秋枫吟兄

淘沙大浪有谁留？一棹诗坛风雨舟。
东北月临西北月，榆关秋接玉关秋。
诗飞四海驰名姓，书读三余落斗牛。
长白风光亲领略，吟怀草就远相投。

沁园春·癸未重九初雪晴后，约诗友同登红山，先至赋此

未歇红花，未老黄花，已放雪花。看天山东卧，银装素裹；夕阳西下，压树烧霞。我立岩峦，如驱铁舰，正向康庄载万家。金秋好，把乾坤爽气，剔透无涯。　　今朝景物清嘉，想多少先贤度远沙。有岑参送客，风吹白草；林公停马，鞭叩丹崖。回首亭台，轻歌儿女，不用前朝旧鼓笳。频呼酒，待东坡一到，拨响铜琶。

将赴上饶参加辛弃疾国际学术研讨会作

我随征雁越流沙，东指玉关乘彩霞。
捧起天山千里雪，来添陆羽一壶茶。
开心时代乾坤小，聚首英才气韵遒。
想得江西好风日，稼轩遗唱染桑麻。

上饶参观茅家岭监狱旧址感赋

同室操戈反目仇，悲风黄叶恨千秋。
台湾不是茅家岭，何苦囚人更自囚。

鹧鸪天·与施议对博士同游博山寺，步稼轩《博山寺作》韵

暂歇江西万里行，禅僧不语笑相迎。稼轩去后无骚客，菩萨安然跪众生。　　论学剑，逊荆卿，毛锥健舌代躬耕。满山松竹秋风里，呼我词坛老弟兄。

西江月·黄沙道中，步稼轩《夜行黄沙道中》韵

红树高擎落日，清风远送秋蝉。有人小路唱丰年，遗落诗情一片。　　放学声来山外，牵牛影过溪前。炊烟又起野桥边，似我梦中曾见。

沁园春·雨中谒稼轩墓，步其《灵山齐庵赋》韵

建墓城西，赍志江南，归梦山东。想却如陶令，栽花植柳；胜于文种，烹狗藏弓。我拜碑前，呼君又起，共唤秋风撼万松。无穷恨，只搜寻笔下，哭笑词中。　　故园回首重重，见远树平田接乱峰。剩金戈铁马，都成虚幻；朱唇丹脸，可厌姿容。国难乡愁，皇恩几许，老死英雄总不公。情同泪，正融和烟雨，天地迷濛。

鹧鸪天·陪赵仁珪教授游鹅湖书院，步稼轩《鹅湖寺道中》韵

细雨无声送嫩凉，铿然落叶响回廊。壁间犹映残荷韵，门外长流晚稻香。　经白露，近重阳，时光心绪两茫茫。与君今日鹅湖会，也效前贤一世忙。

乘索道上三清山感赋

果然一步可登天，我为高升彼为钱。
从此悬空难自主，由人操纵暗中牵。

游三清山过一线天

奇险登攀碧落悬，相逢狭路费周旋。
白头人世多经过，何止闲游一线天。

武夷山过一线天将半口占

来程回首又何惭，几处人生风满帆。
一线青天能许我，敞开大勇破千岩。

游三清山，宋时在信州境内，称
怀玉山，稼轩终生未至，赋此招魂

谁料苍苍坠大星，人间散落化三清。
山粘红叶心头血，云掩青松手下兵。
悬瀑雷声催战鼓，危崖剑影动戎旌。
稼轩倘可共杯酒，西出阳关慰此生。

定风波·武夷山同友人泛九曲溪

轻点长篙激滟波，竹排载出夕阳多。今日邀
君同入画，融化，回头名利一呵呵。　　又见秋
风红叶舞，倾吐，吟声耐得乱山磨。百里风情溪
九曲，难续，携归收拾驻心窝。

秋游武夷山登天游峰

登高步与白云齐，领略画图斜日西。
巧舌禽声争远近，无言峰影竞高低。
播扬天上三秋叶，装点人间九曲溪。
归去阳关我何憾，相机收尽手中提。

游日光岩，怀郑成功

指点江山岁月遥，倚岩身稳顶青霄。
北依君主人何在，东望台澎手可招。
日色浮沉翻血色，海潮来往壮心潮。
如今谁有英雄胆，再向金瓯续酒瓢。

鳌园谒陈嘉庚墓，有感教育现状赋

说向长眠姑妄听，当今教育暗心惊。
手机号码填街巷，博士头衔办证明。
放任由他吹大款，出捐谁个是先生。
官场猫腻君知后，当对沧波叹一声。

游南普陀寺

闽海南普陀，寺古九州慕。
观音坐青峰，沧波不敢怒。
披雪下天山，也欲慈航渡。
自笑居红尘，禅机总难悟。
秋风海上来，扫净黄叶路。
日暮散游人，空庭我独步。
经声与涛声，长绕菩提树。

游胡里山炮台

暂停落日半天红，留照当年备战功。
胡里山前沧海水，冲岩如炮裂西风。

西江月·泉州老君岩

双目转收明月，长髯总挂飞云。轻弹手指去
来今，舒卷胸中神韵。　　坐地真成野老，顶天
作个高人。民间笑语远相闻，不见深山愁闷。

游泉州开元寺

开元寺内东西塔，气魄雄奇弘佛法。
人道登高拂晓星，胜过花雨晴空撒。
大殿峨峨柱百根，上镂图案妙无伦。
经声绕柱入我耳，已摄性灵非我身。
僧谓唐朝建寺前，桑树曾经开白莲。
忽忆儿时听讲课，共产主义作宣传。
空庭两棵菩提树，叶茂身高谁看顾？
我踏斜阳出寺门，回头见有慈云护。

洛阳桥，宋书法家蔡襄知泉州时建，游此口占

书生铁砚涌波涛，挥笔横陈碧水腰。
回看当年只一画，便成千古洛阳桥。

鼓山喝水岩

相传五代时，开山祖师神晏在此诵经，因恶涧中水声喧闹，便挥动禅杖大喝一声，涧水由此改道。

乾坤万物自然成，各行其志莫相争。
和尚何须脾气大，心空万籁自无声。

参观福州林则徐祠堂口占

我自伊犁来，君曾伊犁去。
庭空静无人，只我与君语。

湖北省博物馆听曾侯乙编钟演奏

半入江风半入云，千年仙乐又翻新。
场中环视聆听者，不见当年旧主人。

登木兰山

晴日肩头只一竿，我来如见寸心丹。

九秋红叶千千树，三楚青山六六盘。

绿野南铺分汉水，苍穹北望下长安。

而今脱颖多巾帼，遍地精英起木兰。

卜算子·余少时工作于陕南宁强，今见江汉合流，感赋

曾住汉江源，又到汉江尾。岁月悠悠去几多，东入长江水。　　白发映清波，不说身心累。大海人言苦且咸，便是风尘泪。

步韵答邓世广吟兄《独酌思星汉》

雕龙无技只雕虫，酒胆长教眼界空。

拍马谁亲管城子，用人多重孔方兄。

诚邀旧雨壶当满，欲和新诗墨正浓。

驱却心头尘世冷，天山飞雪我飞觥。

周仲生先生大著将付梓，以今韵一律为贺

今韵今声脱颖出，草原无惧小牛犊。
神州久旱来新雨，山径难行斩恶竹。
机器人能登月殿，古装客请住茅屋。
与时俱进非空话，何不心服更口服！

癸未冬游天山水西沟，赋赠同游哈萨克诸同仁

心胸一时阔，万象尽包涵。
寒日染山紫，高天映雪蓝。
林深群鹿闹，风定野禽谈。
系马穹庐外，围炉酒正酣。

2004 年

癸未冬游金上京遗址，同阿城诸诗友

休道诗狂共酒狂，亲临恍见海生桑。
残墙卧日红霞近，寒树招风碧落长。
后启元清施豹略，直教辽宋入龙荒。
江山望尽茫茫雪，读罢高碑说慨慷。

浣溪沙·过威虎山，有感腐败戏作

八大金刚干保镖，山头拉起暗中捞。网联上下任逍遥。　　威虎厅还添小蜜，百鸡宴已换佳肴。何曾稍逊座山雕。

见八女投江塑像感赋

妙龄初入已捐生，河水翻波不忍听。
但愿投江驻魂地，年年林木早回青。

癸未冬牡丹江入雪堡见人物塑像作

小城围就小乾坤，兼备形神可乱真。
我似官场见公仆，热心人对冷心人。

入雪乡

疏林拥雪入苍穹，百里冰河绕万峰。
分付残阳且归去，明朝不许醉朦胧。

金缕曲·宁古塔遗址，顺治间吴兆骞流放地也。癸未冬，与黑龙江诸诗友游此。步顾贞观韵，戏赠陈修文先生

天意君知否？把阳关、榆关紧系，吟朋聚首。铺就龙荒千里雪，咸集群贤长幼。何必羡、兰亭杯酒。长啸一声红日落，看闲云舒卷挥毫手。老树下，盘桓久。　　心胸却似蓝天透。笑先生、兴安岭上，林涛听够。五马萧萧勤政吏，偏也诗囊占有。将美景、欣然领受。谄媚逢迎都不屑，这官场迟钝终无救。只剩个，清风袖。

与黑龙江诸诗友宿雪乡，无寐，踏月赋此

沉沉寒夜自心知，悄出柴门信步时。
瘦影一灯搜妙句，清光千里洗空枝。
林间积雪吹犹落，天上繁星冻不移。
远处哞哞声尚怯，惹来小狗护疏篱。

谒杨子荣烈士陵园感赋

自古文人岂可轻，大都小说识精英。
牺牲排长千千万，史册几人留姓名？

沁园春·夜游哈尔滨冰雪大世界，同陈修文先生李雪莹吟兄

北国风光，不被冰封，就被雪埋。笑红颜少女，气嘘银发；白须老子，风染桃腮。哈尔滨人，松花江畔，造个清雄世界来。严冬里，伴酒朋诗侣，抒展情怀。　　这般图画铺开，直小看前朝咏絮才。趁琼楼剔透，抚摩肝胆；华灯烂漫，放浪形骸。稳步虹桥，登高四望，撒落星辰向草莱。分携后，恐天山魂梦，在此徘徊。

甲申人日自乌鲁木齐乘机赴伊犁，下望天山

谈笑乘风逐日西，乱峰借我布雄奇。
红霞铺锦巡天路，白雪翻波落照时。
点点穹庐云淡淡，盘盘古道树离离。
前朝未必无佳作，这等情怀总不知。

察布查尔冬日游靖远寺，见所塑神佛相貌衣饰一如锡伯人，感赋

长征万里记西迁，背剑扶犁二百年。
神佛甘当领兵者，雪城共驻守冰天。

与诸诗友雨中赴一三零团场采风

一日驱车对雪山，千秋创业话当年。
春光路外难穷目，诗句风前久拍肩。
河水送青铺旷野，雨丝染碧下高天。
明朝定有晴阳照，唤起激情如火燃。

西江月·雨中游胡杨河

化水千峰白雪，回春十里苍葭。波平河面响琵琶，原是雨珠飘下。　　风过前朝古道，林藏旧地慈鸦。胡杨老去也新芽，似我诗情高挂。

接马斗全吟兄并门苦热诗，喜其"交游大半是诗人"句，用其语步韵寄之

久居边塞惯风尘，大漠天山转觉亲。
同学几多成政客，交游大半是诗人。
看云鸿雁遥传意，熬夜星空近作邻。
说与君知我犹慰，而今依旧自由身。

小女剑歌留学返美后作

银鹰昨日向西旋，十二时辰度似年。
倦眼直随红日走，苦心总在白云悬。
挂钟费力消长夜，电话偷闲睡一天。
只盼回春假期到，背包顽劣又门前。

石河子北湖观鱼亭 二首

（一）

春光此地旧曾谙，四望新秋意又酣。
白雪山头红日压，蓝天云影碧波涵。
棉田恋我犹怀抱，雁阵随风正漫谈。
景自豪雄心自壮，何须出语比江南。

（二）

石城北望路深谙，湖荡清波饮已酣。
踉跄雪山能倚赖，粗疏原野尽包涵。
掌收落日休轻放，胸纳回风可畅谈。
又见横秋远征雁，心随健翎欲图南。

天山下逢赵维江吟兄，赋此相邀

故纸堆中说著书，著书几摞又何如？
千愁万绪天知我，一亩三分笔作锄。
不惹官员心自静，每逢词客眼长舒。
人间多少纷烦事，谈笑干杯便可除。

论文完成后口占

千古文章几夜熬，书生待遇往高调。
按劳分配非空话，赢得金星满眼飘。

西江月·由乌鲁木齐之长沙，飞机将降，俯瞰赋此

身外犹悬残照，人间正是新秋。丹青千里挂
云头，被我双眸掠走。　　列岫遥栽玉笋，澄湖
广布金瓯。湘江化酒去悠悠，醉了天山老友。

宿涟源白马湖

小村远靠碧山头，风起清波带月流。
不许旅人生百感，鸡声叫破一湖秋。

常德诗墙

一墙远聚性灵多，欲唤湘累起汨罗。
东去沅江自豪甚，流诗浸透洞庭波。

常德雨中游柳叶湖，岸滑落水，戏作

柳眉长敛怅离情，小雨撩人拂面轻。
也赶时髦学人事，清波拥抱老先生。

秋访桃花源感怀

天山我伴雁南翔，陶醉何须酒一缸。
读画千峰仍旧景，闻歌四野尽新腔。
封疆曾对红夷炮，中外枉谈乌托邦。
不见桃花无所恨，风吹黄叶下沅江。

登德山孤峰塔

残阳压地混青红，为散诗情到碧空。
我请孤云送长啸，沅江十里起秋风。

甲申重九邕城岑路吟兄相邀游青秀山

这般景色未曾经，酒借重阳杯莫停。
君寄新诗唤西域，我携飞雪润南宁。
登山旭日齐肩赤，沿路微风过眼青。
此地留人有奇略，邕江如带系心灵。

常德诗人节后沅江垂钓

不负南来一片秋，漫江碧透注双眸。
游鱼也似知诗者，听我吟声绕钓钩。

独游岳麓山

于无人处敞胸怀，天地文章面面开。
残日醉随黄叶落，秋风爽送碧江来。
世间大路余秦垢，山上英魂尽楚材。
休道书生目光短，而今我在最高台。

南宁下龙象塔书所见

秋叶满山红欲燃，助风由我下蓝天。
邕江幸有清波荡，只染霞光到日边。

带研究生崔丽萍彭敏游扬美古镇

沿江已过竹千丛，又见秋山数点红。
椰子树高长扫日，芭蕉叶大自生风。
师生指点丹青淡，翁媪笑谈天地空。
携汝远来非恋景，古今融会向清雄。

西江月·南宁之硕龙镇途中作

　　涂地半轮红日，洗天百里清涛。轻车一过两边瞧，便是千张画稿。　　观景何分远近，作诗不用推敲。谋私切割恨无刀，饿眼必须填饱。

水调歌头·游德天大瀑布

　　李杜纵然到，笔墨也难书。相机早已填满，先辈又何如！休讲银河老话，莫拟丹青旧景，电脑集成图。只写几行字，含意必空疏。　　乘竹筏，瀑流下，浴珍珠。千秋乐曲交响，苍宇落音符。既是地生天造，不属人间私物，万类共蓬壶。传语禽和兽，与我竞歌呼。

贺新郎·游越南下龙湾

　　自问应无憾。下天山、空中水陆，探幽寻险。百里海湾明镜上，谁撒奇峰千点。细看是、星辰熄焰。正值残阳临晚浴，把乾坤一抹全濡染。逐日去，快驱舰。　　风光佳句诗囊揽。待携归、赠于亲友，不教寒俭。但愿国门知事理，莫作走私人犯。听电话、妻儿悬念。每握酒杯长回味，料出游清兴从今减。观止矣，可收敛。

越南下龙市有皇家博彩城，豪赌处也。导游劝入，赋此答之

往来但见阔人多，自有闲钱逐水波。
似我安排拙生计，出门不敢惹家婆。

下龙湾醉饮

南来但为扩心胸，丘壑杯中叠万重。
更有残阳醉于我，依然饮海倚青峰。

越南下龙夜观水上木偶戏感赋

无心总被有心牵，几度沉浮一线悬。
看客有人惊幻梦，从今再不到台前。

越南导游小姐阿香问余职业，赋此答之

导夫先路指迷津，逐日江河润裂唇。
几个小钱来不易，与君同是舌耕人。

雨中别下龙湾，代越南导游作

海天云起已模糊，隐去青山若有无。
入眼风光难带走，送君雨点作珍珠。

谒柳侯祠

我自龆龄读柳文，今朝长揖动斜曛。
千年流水开双扇，四面秋山伴一坟。
处世总教心对日，投荒更见气凌云。
未知远谪愁滋味，纵有才情难比君。

登柳州立鱼峰

纵是登高已近天，凡人我未出尘寰。
水中含景景中水，山里有城城里山。
岩绕歌声飘淡荡，风翻秋色走斑斓。
归途正遇刘三姐，频索新词不许闲。

柳州立鱼峰见刘三姐与秀才对歌塑像，戏作劝秀才

从来耕读两酸辛，未必书生是富人。
若是同乡不同道，对歌枉自费精神。

观漓江九马画山

九马何雄骏，只作壁上观。
西域肥牧草，随我战秋寒。

甲申秋日重游漓江

三十年来细打量，漓江依旧诱诗狂。
频收秋色风中瘦，乱放吟声画里忙。
碧水长流半生恨，苍山远对满头霜。
明朝还向阳关外，别样情怀唱大荒。

阳朔大榕树下作

盘根错节乱纷纷，霸地千秋势入云。
我作游人只经过，前途荫庇不须君。

阳朔月亮山

苍天误坠是何年，已碎冰心只半边。
如我嫦娥多恨事，人间长挂未能圆。

梁漱溟先生葬穿山月岩下，游此拜之

通透人生如月岩，青山长守可高瞻。
京都回首多遗恨，毅魄归来口已钳。

游穿山月岩，见数歌女守此等候游客，闻其语而录之

如我人间有几多，离乡数月住山阿。
可怜今日无人到，但守秋风不唱歌。

桂林普陀山坐摘星亭感赋

越高越见路难行，腐败秋山草不青。
为使世间多亮点，游人且莫摘星星。

西江月·与刘坎龙教授同窗弟游七星岩赋此赠之

走过花桥百步，翻开彩画千重。回环曲折历穷通，醒了世间迷梦。　　八桂途中明月，七星岩下清风。山如人体洞如胸，知是虚心稳重。

水调歌头·重游芦笛岩感赋

一是为寻梦，二是为寻诗。别离三十年后，今日报君知。不管西方战事，莫问中枢人事，肉食者谋之。天下好风景，收拾入词题。　　侣青山，友绿水，染霜丝。洞中岩柱如我，瘦骨费撑持。难改农家习气，犹带书生意气，总被达人讥。芦笛长吹响，再见两相期。

登独秀峰

碧透蓝天可尽窥，漓江远去系斜晖。
秋来已见形容瘦，莫赶时髦再减肥。

漓江之西，象鼻山在焉，日暮登山，口占一绝

登山已是醉天红，无尽风光看未穷。
我立峰巅驱石象，速驮残日过江东。

伏波山马援塑像前留影作

唤起秋风满桂林，一山霜叶伴狂吟。
我抽椽笔公抽箭，石破天惊壮古今。

榕湖黄庭坚系舟处作

不闻烦杂幸南迁，如此风光剧可怜。
骚客还应解缆去，榕湖灵秀自随船。

雪中五家渠郊外独饮

独步频将野店敲，天山已惯酒杯浇。
寒林风啸雪花舞，搅合诗情到九霄。

游卢沟桥感赋

石狮依旧对苍苍，亲见八年烽火狂。
此地夕阳西下后，朝朝带血起扶桑。

虞美人·雪中郊外小饮，适金城
阮莲芬吟兄以手机发词至，步韵答之

风姨寒树书狂草，挥洒无烦恼。夜光杯里起
幽思，长记芦沟桥上醉吟时。　　天山自有登高
处，东望阳关路。苍茫暮雪下悠悠，愁满乾坤不
用我来愁。

2005 年

贺新郎·冬日寄远，步友人韵

风急吹天晓。又情思、朝阳托起，满铺晴昊。昨夜分明曾相见，携手登山吟啸。放意马、雪原残照。不怕挂钟敲梦醒，只愁怀也共天难老。剩室内，余音绕。　　平生风雨知多少。把痴心、从头收起，万千纷扰。岂料这番牵魂去，东注长河未了。知盼望、空中铁鸟。待到三春开燕尾，让呢喃快剪清烦恼。先寄去，忘忧草。

乙酉新正拟鸡言

披星戴月见辛酸，我为农家叫破天。
不向淮南攀附去，任他走狗再升迁。

乙酉元日寄曹长河吟兄

闻声恨未拜容仪，独坐天山眉自低。
南社唐音扬冀北，东坡铁板镇关西。
百年责任双肩卸，万里风云一手提。
诗到津门君莫笑，新正拟作报春鸡。

乙酉春节步韵和熊东遨吟兄无题

大雪长飞不畏寒，世情看惯已心安。
民风每下趋江海，官话连篇绕链环。
送礼找门须对路，抄书出版莫藏山。
由人歌哭由人笑，日月无声自往还。

再和东遨无题

铸就灵魂透骨寒，教书谋得一枝安。
工资不保欠再欠，学费难收环扣环。
水分文凭漂似水，山头利益重于山。
上司考察多辛苦，几趟欧洲去复还。

三和东遨无题

人情此日看温寒，老干下台谁问安。
纵有余威空架势，已无关系套连环。
耳闻旧部调薪水，眼见新人找靠山。
算是平衡心态好，提篮买菜把家还。

四和东遨无题

四季何曾色胆寒，有钱真个保平安。
伟哥刚猛天天见，小姐娇柔面面环。
大盖帽中多旧雨，笆篱子里梦巫山。
就医一语堂皇甚，不减威风谈笑还。

步韵奉和马斗全吟兄《乙酉人日》

休问东风早与迟，玉关总有报春时。
存钱备就重阳酒，嚼雪孕来人日诗。
已惯舞台听假唱，何须政绩厌虚辞。
天倾自赖昆仑柱，不把闲愁作预支。

哭张文廉吟兄

犹记儋州万里行，笑声遥伴满天星。
一支健笔连心赤，四海诗朋送眼青。
已失乡风谈往事，尚留柳笛慰同龄。
年年飞雪阳关外，知是长吟不肯停。

答外国友人函问

帮罢老妻炊事忙，折腾几句烂文章。
得钱敢用日月照，有话何须城府藏。
自爱萧闲成散漫，人夸厚道是窝囊。
二锅头酒杯中满，说与君知已小康。

乙酉上元郊外泥饮，用荆公戏呈贡父韵

纵是清光万里同，天涯无意待春风。
马鸣荒草河声外，人醉穹庐月影中。
寒树能扶青眼客，雪山莫笑白头翁。
心随大野长流韵，不向东君怨不公。

曲阜孔姓研究生，为余刻一印章，上为孔子造像，万里寄至，戏作

红心向党正年轻，批孔高潮几吠声。
银丝换得青丝后，依旧儒家系姓名。

与干部培训班诸小友同宿水磨沟，晨起登山

东风回梦半天明，诱我春山试一登。
露脸晴阳休胆怯，老夫无意竞高升。

赠乌鲁木齐河东污水处理厂

毕竟诸君手段高，但凭科技壮新潮。
世间污秽知多少，顺水开溜岂可饶！

去岁从陶文鹏先生游，春夜静忆，遥寄一律

至今杯酒有余酣，曾带风光出越南。
笔抹云岚君尽取，囊收星月我多贪。
春愁总在闲时到，真话都从醉后谈。
五色石中求一色，再烧心火补天蓝。

清明飞雪口占

人间岂料倒春寒，断送晴阳淡荡天。
说与风云息威怒，莫教桃杏误芳年。

白丁香花

纷乱人间未肯休，妖红斜紫竞轻柔。
可怜一树丁香结，开到春风已白头。

坐沙枣花下

鹅黄点染彩云间，唤起东风不肯闲。
何必清香勤沐浴，此身早已属天山。

连战宋楚瑜大陆访问团归去后作

六十年无渡海帆，今朝机翼破云岚。
为怜宝岛千重翠，共顶神州一片蓝。
大会堂宽收日月，中山陵峻望东南。
频催海峡清风荡，涌起碧波如细谈。

塔城道中

田禾一抹鼓长风，百里沉浮夕日红。
也觉今朝潜艇好，轻车总在碧波中。

重游塔城快活林

沿河小路似曾经，向日新枝抱水亭。
十七年来容貌改，我添白发彼添青。

重到巴克图口岸感赋

民心总使党心悬，中外前车一线牵。
苍狗白云才转瞬，西邻不是旧苏联。

西江月·重行裕民路上

碧草收回天色，晚风吹散斜阳。荒原铺毯向
苍茫，不让马蹄敲响。　　溪水还牵旧我，雪山
又送新凉。羞将白发感流光，且把胸怀一敞。

余于纪念抗日战争胜利六十周年
红金龙杯诗词大赛中，侥幸获特等奖，
领奖路上作

当年家国恨，日日望扶桑。
果腹尚三顿，挥毫仅四行。
半生空白发，一梦小黄粱。
名利由人笑，但收山水长。

夜之潜江

旷野一车经过，眼前星斗全倾。
遥夜不知深浅，江河似送秋声。

雨中进太行山

抗倭烽火日，不及我扛枪。
三尺银屏小，八年鬼子狂。
恩仇延后世，汗血记前方。
风雨旧营垒，轻车入太行。

乙酉七月望夜，与京战淑萍秋枫同登皇城村文峰塔

四海相逢诗侣，人生几度新凉。
风敞襟怀悠远，共储今夜清光。

乙酉秋游皇城村陈廷敬府第感赋

堂堂御赐午亭村，筑就皇城寄梦魂。
冲户声名随雁翅，压山楼阁碍朝暾。
青编有幸传中外，紫绶何曾到子孙。
今日官员君料否，大都藏富胜侯门。

游阳城九仙女湖，戏赠熊东遨吟兄

桃源闻道又翻新，不为红桃不避秦。
十里远离官话假，一朝亲入画图真。
时清时浊沧浪水，半醉半醒酬唱人。
九女临凡当慎嫁，作诗难脱旧时贫。

谒陈廷敬墓

归葬青山事可伤，终生拘谨伴君王。
我来一拜秋风起，知是先生自主张。

与中镇诗社诸诗友登阳城海会龙泉寺琉璃悬阁塔

新秋仍见太行青，挥扫风云晓日明。
宝塔冲天悬胆壮，龙泉涌地润诗清。
栖身留影千峰卧，奋翅呼群一雁征。
说与诸君还自励，登高莫使上苍倾。

游阳城郭峪村，登豫楼感赋

犹如三打祝家庄，闻说当年亦战场。
贫富不均天道寡，便教四野起强梁。

阳城皇城相府别中镇诗社诸诗友归天山作

不随流水觅荣华，宴别前朝宰相家。
一揖太行吾去也，夕阳红处即天涯。

戈壁月

西向车轮催月轮，无涯大漠净风尘。
闲愁灌得清光满，更照玉门关外人。

乙酉重九后一日神舟六号升空，赋此致航天员

今朝华夏拓封疆，串起繁星一线长。
脚下寰球真小小，身边宇宙正茫茫。
无须桂月充金饼，只向银河挹酒浆。
我有腾霄诗百首，烦君传写到苍苍。

记擦皮鞋者言

风雨炎凉路不平，还须脚正步前程。
世间污垢君休怕，由我搜来一抹清。

沁园春·鄯善县南库木塔格沙漠已辟为景区，中有班超父子沙雕像，乙酉初冬，与新疆诸诗友游此

这个沙盘，天地生成，向我移交。似九州形胜，收藏此地；千秋岁月，凝结今朝。两汉戎旌，三唐铁马，路过谁曾正眼瞧！今来者，是扪天吸海，酒圣诗豪。　　黄沙白草青霄，伴山下红旗拂日飘。看生机风起，丝绸古镇；雄心泉涌，戈壁新潮。永捧金瓯，遥铺画幅，更待挥毫放胆描。君知否，有书生报国，不亚班超。

游吐峪沟致村民

驱车百里共青天，吐峪沟连吐鲁番。
崖壁有灵存佛相，时光无力锁桃源。
热情不管夕阳落，小曲却随流水翻。
今日何当云作纸，吟诗一首作留言。

咏电梯

不言辛苦不言忙，轨道遵循日月长。
但使胸中群众在，高低上下又何妨！

西江月·乙酉初冬雪霁，米泉郊外农舍醉饮，赋此邀月姊

天上翻飞棉絮，人间唤作琼花。嫦娥致富学农家，小试轻抛一把。　　顺手揩摩碧落，随风装点丹崖。邀来与我醉流霞，不许推辞作假。

宜兴周处斩蛟桥

三天三夜逐波涛，小说家言饭后聊。
若不高官归晋后，何来此处斩蛟桥。

与江苏诸诗友同游宜兴善卷洞，如电视剧《西游记》师徒入洞府然，戏作

清风导路扫闲愁，也友神魔作暂留。
僧动凡心抒浪漫，精生白骨换温柔。
尘缘未了须三顾，美景何妨又一偷。
我与诸君归去后，人前也敢话西游。

宜兴碧鲜庵传说梁祝读书处，游此戏作

当是盲翁好作场，雄雌未辨演荒唐。
英台不是东施女，应向梁生问智商。

与江苏诸吟友滆湖夜饮

谁舀银河横斗杓，人间未饮已陶陶。
满船诗句风吹起，百里寒湖尽楚骚。

与江苏诸吟友宜兴横山看落日

西风吹下半天寒，搜尽枯肠句未安。
毕竟横山明事理，送来残日定心丸。

过石头城书所见

大江远去水波平，千载高墙记战争。
游戏不知流血地，儿童竹木闹攻城。

明孝陵见治隆唐宋碑作

谁伐大元谁伐明，蔑称鞑虏更何凭？
子孙守业今安在，却是康熙祭孝陵。

登紫金山天文台

已把晴空细打磨，眼开融入大江波。
天文能测风云事，问我胸中有几多？

重登灵谷塔

萧萧落木走千军，我向高天置此身。
满目苍凉更西望，中山陵上日如轮。

乙酉初冬重谒中山陵

拜谒钟山我又登，先生一走大江腥。
乾坤民主来曾见，国共枪声去忍听。
后世千秋钦远略，今朝两岸唤英灵。
招魂果有真心在，泉下双眸也放青。

重登燕子矶

大江东去浪千堆，燕子矶头看落晖。
三十年来翅未老，依然作势玉关飞。

参观侵华日军南京大屠杀遇难同胞纪念馆

地下埋仇岁月迁，也逢盛世见青天。
我来似见白骨起，怒向东瀛挥瘦拳。

西江月·登阅江楼

雪浪长流日月，人间总有炎凉。登高最厌叹
兴亡，没个英雄模样。　　但辟胸中春路，何愁
头上秋霜。大江东去载斜阳，拦在阅江楼上。

过乌衣巷戏作

如今小巷太寻常，王谢高楼遍四方。
燕子春风传外语，频催子弟下西洋。

李香君故居感赋

笙歌今日又翻新，启后承前不可分。
待到官员皆腐败，三陪也有李香君。

莫愁湖再赋胜棋楼

人间争战看楸枰，不见输赢不肯停。
但为君王轻一笑，管他棋子与生灵。

水龙吟·南京诸诗友设宴饯余，醉赋留别，步稼轩韵

风云送我南来，远开航路高天际。长江碧浪，钟山红树，何须云髻。萧散荆公，疏狂太白，淡妆西子。聚当今才秀，秦淮河畔，一钩月，挑新意。　　欲把诗词炙脍，问当垆，庖厨来未？廉颇醉矣，犹夸健饭，尚多豪气。愿伴诸君，吟声盈耳，结邻于此！共丹心照日，人间挥笔，蘸苍生泪。

扬州慢·乙酉冬乘机南下，游瘦西湖，报西域友人，步白石韵

稳坐银鹰，何须骑鹤，苍苍略记行程。过琼楼玉宇，带霞赤云青。似玉帝维扬偏爱，经营下界，曾遣神兵。越千年，俯首而今，不是芜城。　　冰山来客，对清泠、心骨俱惊。看湖瘦招风，波澄含日，路曲留情。小立五亭桥上，游人笑、便是天声。待吟成佳句，手机报与先生。

夜过廿四桥

瘦西湖水荡歌声，唤起游人侧耳听。
桥上直疑明月碎，扬州今夜满城灯。

扬州冬日个园观竹有感

不知冷暖不凋零，每遇风头试一争。
但为人夸好颜色，便教枝叶累终生。

谒史公祠，建祠始自多铎，褒慰出自乾隆，登梅花岭有感作此

今日登高放眼量，休凭旧帐说维扬。
白山黑水八旗壮，青史红梅千古香。
肝胆澄明史阁部，心胸宏敞豫亲王。
看我中华成一统，不抓辫子不荒唐。

扬州参观汉陵苑感赋

显赫生前有限身，经营后事费精神。
王侯如许棺材厚，千载难包一个人。

乙酉冬平山堂上作

西域晴空航路通，披云携雪奠欧公。
数僧佛事声方罢，半塔斜阳韵未穷。
富贵难留三世后，文章长在九天中。
遥看山色浓于酒，我也今朝似醉翁。

扬州登栖灵塔

不怕惊天敢一呼，形骸自有白云扶。
长江遥望千重碧，残日难收一点朱。
淡淡经声大明寺，萧萧树影瘦西湖。
登高挥洒清愁去，诗意随风到也无。

冬日游琅琊山，听道士吹笛

玄帝宫中已白头，笛声潜入让泉流。
悠悠长绕三千树，不绿琅琊不肯休。

琅琊寺敲钟后作

轻敲便有一山鸣，渐散闲云晚日晴。
揖别老僧还自悟，吟诗也要带铜声。

丰乐亭整修未开放，赋此赠打工者

满山风雨满身搜，无语欧阳坐上头。
他日游人来此地，但知太守与滁州。

合肥炳烛诗书画联谊会设宴饯余，步刘梦芙吟兄韵赋此留别

阳关东望会诗豪，一夜酒浇星月高。
西域边氓能放饭，南州名士惯持螯。
喜听白傅新乐府，亲见青莲宫锦袍。
归去依然瞻马首，吟坛容我奋铅刀。

登东方明珠电视塔

爬上高层又一层，晴空红日尽光明。
双眸下望苍茫里，不见人间有不平。

2006 年

辞鸡年迎狗年感赋

震耳满城鞭炮鸣，醒来今日到新正。
人间主宰年年换，不是家禽即畜生。

丙戌人日立春，报中镇诗社诸诗友，用蔡襄韵

学问真成上水船，老花镜里字如烟。
春光不向书生售，人日总由时序传。
纵有清愁留少少，已无淡话累千千。
天山助我青丝改，飞雪今年胜去年。

桑梓荣获中国喜鹊之乡感赋

搭桥事毕又人间，高下和谐出自然。
处处梳翎枝上稳，声声报喜日边圆。
吟来西域新诗句，梦向东阿旧逝川。
灵鹊群中应有我，故乡长绕叫蓝天。

曲阜六艺城见孔子周游列国雕塑作

师徒辛苦又如何，列国君王昏聩多。
一自风尘走车马，千秋正道贯山河。

登舞雩坛诵侍坐章作

回头往事一呵呵，批孔声中污垢多。
正是暮春三月后，愿随曾点浴沂河。

游孔林

我行神道上，论语腹中温。
毕竟诵千载，终成不二门。
坟茔圆日月，松柏挺儿孙。
今日安邦国，还招上古魂。

孔府内多有算命者，挂牌云孔子某代孙，与一人细谈，录其语

祖宗留姓助谋生，下岗谁曾问一声。
多少官员也如我，高谈只为孔方兄。

游孔庙见金国党怀英所书杏坛石碑作

东西南北不同腔，夫子千秋统万邦。
华夏终归成一统，不随残宋过长江。

尼山夫子洞，相传孔子出生处也，登山坐观川亭赋此

石破天惊处，尼山降圣人。
大凡才学富，都是少年贫。
边客来西域，先师即北辰。
俯观川上水，前路敢逡巡？

石门山，孔尚任作《桃花扇》处也，丙戌春游此作

三百年前萧寺幽，东塘白首一书留。
紫藤填谷钟声弱，碧水绕山云影柔。
血泪南朝收日月，刀兵北国系恩仇。
桃花扇底流风在，只恐今朝未肯休。

重游大明湖，忆曾陪先严一至，怆然有作

分田未改我家贫，更向天山历苦辛。
五十年前一回首，八千里外再伤神。
芙蕖犹闭春风老，杨柳长舒旭日新。
飞鸟斑衣鸣不住，林间来往似娱亲。

济南谒稼轩祠

高呼征伐总成空，南北中分各自雄。
我到江西曾拜墓，知君无意返山东。

济南珍珠泉

珍珠流走总无形，过眼游人各不争。
我把清泉一掬后，孕成腹稿富书生。

重游趵突泉

胜地偏心涌浪高，玉关东望路迢迢。
捧来大漠胡杨泪，愿换清泉只一瓢。

李清照纪念堂感赋

一枝健笔敢抒情，莫道女儿无令名。
倘作贤妻侍厨下，几人知有赵明诚？

黄河艾山卡口

载舟之水破龙门，万里雷霆两岸闻。
设卡人间狭路上，怒涛岂不搅天云。

谒曹植墓

心如流水不西归，日日鱼山看落晖。
还是长眠当地好，黄河咆哮胜君威。

游桑梓喜鹊林邀诗友

我家不是旧柴荆，每见门前列画屏。
无是无非舒骨韵，有声有色净心灵。
鹊衔红日扇天紫，树染黄河到海青。
说与吟朋莫辞远，东阿王酒已开瓶。

登聊城光岳楼眺远

航路八千里，来登光岳楼。

平湖收四面，大道豁双眸。

天幕缀红日，我家围绿畴。

儿时多少梦，一起到心头。

东昌山陕会馆，实关帝庙也，游此感赋

大款千帆曾似梭，运河不见旧时波。

关公端坐香灰冷，似数行商去几多。

阳谷武松庙问武松

景阳冈上醉何如？不救生民只酒徒。

苛政千年猛于虎，二郎可有硬功夫？

回乡偶书 五首

（一）

堕地当年带土腥，霜丝难掩旧神情。
离乡纵使乡音改，翁媪犹能唤乳名。

（二）

鹧鸪声里引群鹅，搅乱青林与碧波。
我是君家祖爷辈，不能随便叫哥哥。

（三）

任他飞雪染须眉，东望乡关心未灰。
今夜儿时圆脸月，天山曾见五千回。

（四）

普通话已遍千村，模仿台词语调沉。
闲步池塘明月下，但余蛙鼓是乡音。

（五）

一道清渠绿到门，麦苗催我长精神。
高天犹借东风力，千里平原滚日轮。

余幼时随先父过赵牛河赶集，误将干羊粪作地梨带回，阿姊笑之。迄来五十余年矣

地梨新长遍长川，一捧收来不用钱。
先父归山阿姊老，我犹白首拣童年。

谒许清墓

许清者，八路军茌博聊阿游击第五大队副大队长。1940 年 2 月 27 日率部宿营卓庄，部队被红枪会包围杀戮。幸存者仅四人，先严即其一也。事见《东阿县志》。

血溅红枪七十年，儿童谈笑已如烟。
荒坟风过石碑冷，落日无言下麦田。

青岛太平山电视塔远眺

雨后乾坤减负担，清风着力扫云岚。
今朝如我空空也，除却天蓝即海蓝。

雨中游崂山

百里路浮海，此生终可期。
渔舟云卷画，僧寺雨藏诗。
岩瀑胸襟落，林风意绪驰。
崂山倘留我，愿化碧桃枝。

青岛花石楼，内战时期蒋介石曾居此，内有戎装照片数帧

当年内战起风云，摄影空留尚武身。
纵使归来魂亦老，海波不识旧军人。

青岛小鱼山，以东阿鱼山命名，感赋

封疆王爵遍人间，岁月无情已尽删。
不葬文章曹子建，千秋谁肯重鱼山。

西江月·带研究生游博斯腾湖金沙滩

荒漠呼声伸缩，雪山彩照收藏。老夫也伴少年狂，人在金沙滩上。　　乱踏残阳一片，似留新字千行。乾坤这等大文章，风格自然清旷。

观克孜尔尕哈烽火台

清风已净汉尘埃，当日情形只费猜。
为向后人重演示，红霞一片上烽台。

游天山神秘大峡谷

阴风摇落日，幽洞吐寒泉。
偶见青天漏，长摩赤壁悬。
自知心坦荡，岂畏路纠缠。
说与狰狞样，犹能奋老拳。

丙戌盛夏游一号冰川寄友人

来伴风吹赤日高，白云东去玉关遥。
思君吟就冰心句，也共冰川永不消。

西江月·阿姊开车，带我绕赛里木湖

换了大型玩具，汽车又载童年。雪山白发两高悬，只是心情未变。　犹记家乡教我，似乎今日依然。湖心岛外转圈圈，画个几何图案。

惠远古城遗址

萧萧古木废城垣，人事难回岁月迁。
一道伊犁呼啸水，犹追落日漫西天。

塔什库尔干途中见塔吉克族妇女挑水归，颇似画中人，赋此记之

风裹红裙彩石间，通天小路步弯环。
清泉挑向穹庐去，更揽残阳煮雪山。

丙戌夏日塔什库尔干登石头城

石头城上望，我伴白云闲。
骏马载歌去，雄鹰带雪还。
清风起泉水，爽气下冰山。
当日驼铃语，犹藏乱石间。

喀什游盘橐城

风雨千秋见旧垣，守成未必逊开边。
班超一自封侯去，多少来人过酒泉。

水调歌头·丙戌夏日红其拉甫哨所作

耳际轻车喘，仰看路盘盘。云中气浪冲下，千里卷寒泉。晓日一轮飞起，导我昆仑深处，哨所赤旗翻。几点军装绿，犹可衬蓝天。　　御长风，收晴雪，揽冰山。此间多少清冷，盛夏富资源。分撒大江南北，揩我工农汗雨，重任压双肩。归去今宵梦，总在万峰巅。

游喀什达瓦昆湖

驼铃远去荡乾坤，遗落清波百道纹。
从此黄沙闲水镜，但收红日与青云。

丙戌闰七月岭南何永沂吟兄飞降乌鲁木齐，余与邓世广吟兄招饮于鸿宾楼，永沂诗先成，步韵和之

云气已凉秋未高，神交骚客远相招。
同欣西域逢三友，犹望东风染二毛。
醉酒杯前能倚马，吟诗声里正盘雕。
留君归去重阳后，领略天山风似刀。

随全国第二十届中华诗词研讨会诸诗友游陵川诸胜

也伴诸君无厌求，驱车直上太行头。
沙盘百里悬河怒，国画千张叠嶂稠。
云去风开王莽岭，人来犬吠锡崖沟。
但留诗句碧天外，换得夕阳红叶秋。

临汾尧庙有鼓，称天下第一，余来谒庙，特许击之，戏作

九州谁不护尧封，万古炎黄一鼓雄。
说与城狐休逞肆，今朝我已代雷公。

《东阿县志》载，我家由大槐树迁出，洪洞诗友景北记王吉明诸君宴余，席间戏赠

君家原地未离根，自是诗名远近闻。
我不今朝闹家产，槐荫灵气要平分。

洪洞游广胜寺

人到飞虹塔，方知自在身。
万端归万化，三晋望三秦。
寺共乾坤老，泉分日月新。
回头山下路，又起旧时尘。

洪洞苏三监狱感赋

翻案大都裙带多，古今狱讼耐研磨。
王三不坐公堂上，恐是苏三成窦娥。

过吕梁山寄友人

轻车盘绕伴秋高，时有飞云慰寂寥。
此日思君心似火，化成红叶满山烧。

丙戌秋观黄河壶口瀑布

不肯终生贴地流，巉岩飞落啸神州。
迤逦回荡声填海，高下悬殊怒涌喉。
曾见雪山销烈日，更随塞雁送新秋。
一壶老酒长年泻，未洗人间万古愁。

沁园春·丙戌秋登延安宝塔山，步毛泽东韵

眼望峰巅，身带秋来，手送云飘。对清凉山上，钟声荡荡；杨家岭下，雄气滔滔。一片晴光，百年心事，随我登临步步高。扶红树，正风翻如血，别样妖娆。　　果然景色添娇，赖拼命头颅久挂腰。看满河魂魄，河归大海；连天炮火，天写离骚。北接苏联，东驱倭寇，南指金陵起怒雕。乾坤净，怕俗尘污雨，乱了今朝。

延安清凉山谒范仲淹祠

寂寞荒祠里，书生我一躬。
洞庭湖上月，边塞帐前风。
挥手招雄魄，回头望故宫。
如今高位者，忧乐几人同。

丙戌秋谒黄帝陵

何须以血荐轩辕，如我儿孙尚健顽。
海水宽曾纳沮水，天山远也拜桥山。
丘坟压地神州稳，松柏横空日影闲。
无语秋风总南向，想来老祖念台湾。

王莽岭采风，步韵呈柏扶疏先生

霜丝映红叶，图画向君开。
巨幅挥神笔，豪情展别才。
联吟三晋动，合影万峰裁。
灵性已分我，倾杯何壮哉。

永遇乐·随全国第二十届中华诗词研讨会诸诗友太行秋游，将归西域，赋此留别，步柏扶疏先生韵

王莽峰头，锡崖沟里，千古奇绝。妙句飘云，吟声催水，草木皆心折。三唐两宋，苏辛李杜，未遇这般年月。伴诸君，丹心尚在，染红太行秋叶。　天涯有我，荒原奔马，静待骚坛人物。笑遣金风，此时先去，报与家人悦。晴空航路，诗情铺满，西望残阳如泼。玉关外，银鹰翅下，雪山万叠。

水调歌头·据测，亚洲大陆地理中心位于乌鲁木齐永丰乡，丙戌中秋至此赏月，醉后作

亘古荒原上，仰首望天山。嫦娥手捧冰雪，揩净一轮圆。万里长风吹下，唤起穹庐睡犬，几句吠声闲。伴我同吟诵，大野尽泠然。　　浴清光，散愁绪，忘流年。先生不管时事，偏又涌心田。洗涤神州腐败，浇灭西方战火，都在酒杯间。今夕是何夕，醉抱亚洲眠。

2007 年

丙戌岁末农六师采风感赋

英雄代代赋新征，直使乾坤改旧形。
剿匪深山凝血碧，屯田大漠壮天青。
肩承白发犁耕月，手捧红旗火炼星。
料定明年春到早，再随归雁奋长翎。

丙戌隆冬随新疆诗书画诸友人游青格达湖

天山坦荡不须猜，百里驱车展别才。
雪挂胡杨撑白发，风吹寒日露丹腮。
远村处处墨轻点，大地茫茫纸广裁。
说与游鱼蓄诗意，春冰解后我重来。

丙戌除夕闻刘德先生逝世，悲吟一律

未待边城此岁除，吟魂却伴雪山孤。
倾心西域成诗社，携手东风进首都。
每见友朋情切切，偶谈腐恶气呼呼。
满街鞭炮声消后，我奠先生酒一壶。

六十初度 二首

（一）

看惯人间变幻频，东风又报一年春。
羞谈口号桩桩假，敢说心灵日日真。
天上何曾掉馅饼，家中从未请财神。
老妻提醒生辰到，好酒开瓶呼比邻。

（二）

堕地当年就属猪，半凭潇洒半糊涂。
精神于我风飘絮，朝野由人鬼画符。
遇事每吹心眼好，放言难改嗓门粗。
挥毫正助山河壮，岂敢从今称老夫。

西江月·银川重游沙湖

西域秋风归去，东风春日重来。留人柳眼与桃腮，似讨往年诗债。　青鸟掠肩私语，苍葭绕膝无猜。相机屡屡镜头开，好向老妻交待。

西江月·参观贺兰山岩画，拟画中人物言

不负先民磨洗，也知后世寻求。黄河无语去悠悠，长绕贺兰山口。　　石上千秋灵性，心中百姓恩仇。人间腐败敢抬头，我唤洪流冲走。

重游西夏王陵

岂料十年后，重来踏大荒。
黄河流日月，青草漫君王。
风送春山远，云追意绪长。
英灵千古在，随我入诗章。

丁亥春留别银川诸吟友归天山作

沉雄气韵满杯盘，谁道诗词不可餐。
西塔文光连北塔，贺兰老酒醉楼兰。
借君贯日吟声壮，助我腾空去路宽。
未许风云挂机翼，长留塞上绕毫端。

忆童年读书时

记得当时年纪小，家贫乐事未轻抛。
乱编歌曲朝天唱，偷制鱼钩带月敲。
取闹墙头画人像，贪玩牛角挂书包。
老花镜里文如酒，苦读今朝不自嘲。

偶展中华诗词学会成立时黑白照片长卷，睹合影诗家感赋

二十年来变幻频，今朝又见旧丰神。
未闻拍马交红运，却见挥毫到赤贫。
人坐前排多作古，诗传后世正趋新。
欲教白发冲天去，化作长缨系日轮。

西域远来，随北京诸吟友游潭柘寺

凡夫不敢叩禅关，只是随缘半日闲。
一路诗词飞浩荡，四围花木落斑斓。
风吹钟磬幽燕外，我在古今王孟间。
西去斜阳如有意，且将乐事报天山。

下西山宿戒台寺

清风休再送，我已到门前。
路窄藤牵手，天低月压肩。
深山无定主，古寺是何年？
意绪长如夜，松声不许眠。

京师会议，与邱瑞中学兄同室小住，鼾声惊驾，赋此自陈

十载重逢自是亲，粗豪依旧气凌云。
千杯未了知心话，一夜高声诉向君。

草原日出

日轮拔地带风声，千里新红压草青。
堪笑牛羊梦醒后，却寻昨夜满天星。

阿拉山口登瞭望哨

登高西望是邻邦，羞说当年属汉唐。
却羡风云胜于我，悠悠依旧过边墙。

博尔塔拉采风宴会上作

边疆当日定安宁，不尽轮蹄草色青。
三碗芳醇醉诗句，一条哈达系心灵。
高歌日月添新彩，共说城乡改旧形。
今夜华筵未终曲，门前河水走晨星。

鹊桥仙·同新疆诸吟友游博乐怪石峪，拟其言

荒原依旧，夕阳依旧，总与乾坤同寿。胸怀敞处白云飞，赖风雨、身心无垢。　　天知我丑，人言我丑，棱角生来就有。但藏灵性待诗人，望山下、小溪如酒。

与邓世广吟兄同浴阿尔夏提温泉，赋此一笑

一介书生只弄文，向无贪墨入焦唇。
此身纵是多污点，敢对山灵敢对人。

伊犁将军府

守边代代说殊勋，一统江山不可分。
三百年来榆树老，萧萧犹忆旧将军。

再过赛里木湖

轻车百里到湖湾，识我冰峰记往还。
青草随风来脚下，碧波映雪荡胸间。
当歌今日酒必饮，暗喜去年诗未删。
老子平生无弱句，且由白发改容颜！

游那拉提草原

不是寻常地，玉关西更西。
山高红日近，天远白云低。
愁绪息风影，诗情随马蹄。
游人自豪甚，归去话伊犁。

丁亥春节余突发耳聋，经治向愈，四海诗人识与不识，多寄诗相慰，《中镇诗词·千里联吟》栏目专发一期，感赋

百岁光阴剩几程，回头自笑欠聪明。
谁知双耳迷茫事，激起千秋浩荡情。
世路倘能容我走，诗坛依旧伴君撑。
苍天不许书生懒，从此又听风雨声。

西江月·那拉提草原戏作

红日高攀碧落，白云下嫁苍山。雪峰老子已传言：由我主持婚宴。　　花草借风狂舞，牛羊顺水加餐。青松十万可围观，不许调皮捣乱！

那拉提草原夜步寻诗

莫贪杯酒负今宵，步出穹庐过小桥。
犬护牛羊随地卧，树擎星斗带风摇。
雪峰月照来千古，野路云遮剩半条。
趁此清凉且归去，不留诗句到明朝。

伊犁拜林则徐塑像，步邓世广吟兄韵

荷戈万里记风烟，雪化琼瑶到鬓边。
臣罪但知酬百姓，皇恩只许住三年。
北京尘起遮红日，西域鹰飞搏碧天。
一揖拜公公语我：江湖廊庙两欣然。

阿克苏柯柯牙绿化林

汗水成河年复年，涛声卷绿上青天。
阳关不待春风度，自有人工补自然。

丁亥夏游天山神木园

天神何日过边庭，踏落高天一片青。
古木千年皆老丑，清泉数道响空灵。
闲云惧热难成雨，残日敲山散作星。
我与肩头众飞鸟，齐声吟唱各忘形。

重游乌什九眼泉

天涯偏有巧生成，燕子山前列画屏。
识得当年故人到，齐开九眼涌泉青。

重游乌什柳树泉

依旧平平草莽间，边庭照影只云天。
我来一笑容颜改，日月长流十五年。

孔雀河下游书所见

船映胡杨绿，渔夫举网高。
斜阳在天上，却在水中捞。

与维吾尔友人库尔勒普惠野饮

相看同一笑，酒袋挂高柯。
红柳烧残日，胡杨饮大河。
拾柴鱼待烤，试马手频搓。
我怕伤豪壮，吟诗不敢多。

重登南昌绳金塔

秋风一扫身心净，不记人间二十年。
头顶幸无云影盖，长吁又可对青天。

水龙吟·丁亥秋重上滕王阁，叠前韵以手机柬天山诸诗友

廿年未改粗豪，萧骚华发登高阁。金风疏宕，秋江澄澈，丹林蓬勃。手扶云片，眼空天际，胸装丘壑。怅吟朋远去，离群今日，纵高鸷，如孤鹤。　　握笔这般时代，笑男儿、雌声娇弱。寰球变小，人间已换，当须斟酌。我与诸君，诗词未饱，百年长嚼。恨流光匆促，心随征雁，把残阳捉。

雨夜宿庐山石门涧

山裂石门天路遥，野桥茅店度今宵。
峰高白傅终难语，寺近苏髯或可招。
灯影酒杯孤另另，雨声竹叶两萧萧。
涧溪也伴诗人梦，流入长江涨晚潮。

【注】

　　人传白居易作《大林寺桃花》处在今庐山牯岭西。石门涧下西林寺即苏轼作《题西林壁》处。

丁亥秋登庐山铁船峰

横看成岭侧成峰，我与东坡所见同。
竹杖敲天千里碧，吟声飞叶一山红。
征鸿南去乡心北，残日西倾江水东。
绝顶无须铁船渡，银河卷浪下秋风。

重游东林寺见杨成武将军书莲池
二字感赋

挥笔手曾挥战刀，军旗血染照云霄。
梵宫纵是超生处，日寇阴魂不可饶。

步韵和熊东遨吟兄《石门涧过慧远祖师讲经堂，同星汉亚平盛元迎建》

休道前朝海与桑，今朝我辈上经堂。
吟旌翻滚出新意，笔阵指挥非旧章。
飞鸟行藏都不管，流泉喧闹又何妨。
一声长啸匡庐外，便见丹霞满彼苍。

游庐山西林寺

合掌山门问老尼，匡庐面目有谁知？
坡仙去后无人到，千载唯留一首诗。

与卢龙诗友梅里由石门涧到牯岭

旭光裂罅石门开，盘磴通天只费猜。
昨夜残留树梢雨，随风轻落润诗来。

丁亥秋重游庐山锦绣谷

如此前程大步量，重来犹记旧风光。
青山怕说随人老，云雾远遮红叶霜。

庐山龙首崖看落日

暖霞霜叶两流丹，一任秋风送暮寒。
龙首冲天载诗稳，不随残日下林峦。

庐山过仙人洞

享尽炉香岁月悠，洞中端坐却如囚。
今朝我比神仙好，满眼风云竞自由。

游含鄱口

分明山缺日轮孤，远借平湖补画图。
倾尽诗思已无力，归途我要彩云扶。

庐山三叠泉

居高日夜走雷声，跌落人间气自平。
从此潺湲山外去，长舒心曲一身轻。

井冈山彩虹瀑

青山千仞走雷霆，犹似当年热血腾。
想得狂流蓄来势，风云扬怒下金陵。

重游回雁峰寄楣卿西域

残照西风过眼寒，天情一路白云间。
深秋我似南飞雁，犹自回头望雪山。

与中华诗词学会诸君游石鼓书
院，赋此送别

聚首衡阳奋健翎，西风运笔斗心兵。
大河百里书声烈，石鼓千年月色明。
默告前贤诗阵稳，共期当世政坛清。
诸君忙过南来雁，不待春雷又北征。

西江月·丁亥秋重登衡山遇雨后晴

巡看雨中南岳，张开袖底西风。满山诗句正
蓬蓬，是我当年栽种。　　留恋红尘情爱，无心
碧落仙宫。天梯掷下化长虹，不去攀高自重。

与中华诗词学会诸诗友游衡山磨镜台

自信无须问佛陀，回头踪迹事多多。
同行必有良师在，心镜长新不用磨。

丁亥中秋天山夜归

路转秋风外，家居雪岭西。
寒河冲石怒，明月压山低。
碧落浮人语，青云碍马蹄。
归途星斗少，恐是远林栖。

丁亥秋衡阳初晤令狐安先生，归天山后得读其《情系彩云南》，赋此寄之

先生如我也平凡，握手衡阳笑语酣。
佳句一囊倾血碧，清风两袖扫天蓝。
胸襟敢用三光照，政绩都由百姓谈。
北望京师归去后，丹心添彩满云南。

2008 年

电视惊见汶川大地震作

已无泪水洗金瓯，惊见天摇日月愁。
灾难一年多肆虐，军民四海共商筹。
纵教风雨摧山碎，何惧江河带血流。
我请苍天开眼望，中华谁个肯低头！

汶川地震后端阳节，东邀约赋五律

屈子生今日，呼天比我多。
伤悲停日月，血泪涨江河。
大难起坤轴，良心问太阿。
平民骨头硬，耐得万年磨。

汶川大地震后，夜读东林书院楹联作

一语能经岁月侵，中华谁怕气萧森。
五洲鹏翼成天助，万古人心未陆沉。
风雨无情倾北斗，江山有待起东林。
帐篷灾后方支罢，带泪书声又朗吟。

戊子初夏顾渚山陆羽阁新成，诸诗友联句，余续貂后作

吟朋未肯忘龟兹，万里银鹰只瞬时。
几处泉声流远梦，四围山色染霜丝。
薄云抱竹犹扶我，小雨添茶更润诗。
收取诸君朗吟句，今朝一笑算谋私。

顾渚山陆羽阁落成日，见日本友人表演茶道有感

山前百巧弄茶香，手捧瓷瓯待客尝。
休道烽烟传后世，人心总是爱清凉。

顾渚山拜陆羽像

不拜茶仙不拜神，一身如我只平民。
千般滋味都尝遍，始把清凉告世人。

莫干山晨起，以手机短信示楣卿

竹梢星斗尚巡檐，引领清风过草庵。
山鸟争鸣多霸气，不教梦里与君谈。

长兴大唐贡茶院联句有感

花落花开自主张，一楼风雨近端阳。
金沙泉水含清淡，顾渚山云抹嫩凉。
纵使仙芽饱都会，不将佳句贡君王。
茶经再续应由我，先向苍生问短长。

莫干山剑池塑干将莫邪夫妻像，独游至此，与之共语

石桥久坐可倾谈，胜地清雄我已添。
日落群峰争挺剑，风来悬瀑怒掀帘。
镕今铸古情难尽，说剑论诗语不嫌。
一揖辞君下山去，何须离恨锁眉尖。

宿天目山禅源寺

清风夏夜过林梢，游客残书未肯抛。
佛事隔墙犹未了，繁星耐得木鱼敲。

与禅源寺庆法和尚晨步闲话

相逢来趁大山凉，不用机锋暗里藏。
雨后竹林穿旭日，语音人影两争长。

下天目山

空山斜日里，声色尽收容。
诗挂千年树，胸开四面峰。
轻禽前路语，古寺后山钟。
天许身长健，何劳瘦竹筇。

严子陵钓台感赋

几句闲谈姑妄听，垂纶千尺钓江青。
未忘蓑笠情虽重，纵息干戈血尚腥。
于此摩崖留醉墨，大都官场败风翎。
论功不是云台将，征召如何到汉庭？

戊子盛夏雨中乘船游七里泷

今朝亲到富春江，检点前贤诵旧章。
山水清佳人妩媚，风云潇洒雨轻狂。
已收文墨千秋盛，难拒乾坤一味凉。
我有诗情言不得，但随碧浪下钱塘。

雨中登西台怀谢翱

每对青山意不平，几多国难与私情。
富春江上风兼雨，便是先生痛哭声。

独游杭州西溪，手机柬友人

一日西溪远世纷，篷船摇梦暂离群。
轻荷叶上留残雨，柔橹声中落碎云。
摄影风光胜于画，录音鸟语自成文。
且容我送夕阳后，定把诗章报与君。

杭州西溪秋雪庵

过尽清波洗尽愁，舟人指处是瀛洲。
我来不见芦花放，却比芦花早白头。

第二十九届奥林匹克运动会开幕式电视观后作

珠峰圣火破天寒，毕竟温情到世间。
飞焰鸟巢扬坦荡，举旗虎步展斑斓。
百年期盼圆一梦，万国竞争喧五环。
我告儿孙七个字：中华不是旧江山。

戊子中秋前一日小女剑歌探亲归去作

未待天山朗月圆，飞机已上白云边。
租房贵贱先安住，受业苦辛多睡眠。
美国何须求绿卡，中华原本有蓝天。
再闻笑语悬泉落，恐是明年又后年。

神舟七号问天归来喜作

远征令下正金秋，奋起雄心探斗牛。
神七健儿初漫步，大千华夏已昂头。
长经碧落风云静，轻舞红旗日月流。
航路何时能及我，定将新作遍天讴。

戊子初冬参观龙游石窟感赋

我来吊古暗心惊，恍惚乾坤白骨撑。
竹海扫天寒月小，铁锤裂石冷风轻。
千秋此地隐魂魄，几个今朝留姓名？
旷世谜团莫开解，悲欢远去两无声。

参观衢州孔庙

人类何年致大同，环球万国破疆村。
我来拜谒求开悟，不问南宗与北宗。

过龙游大竹海

诗人谁不喜空灵，竹海江南又一经。
装点乾坤藏日月，送迎风雨走雷霆。
曾供正史翻新简，也助云鹏鼓健翎。
归去天山休拂拭，妻儿看我满身青。